ティアラ文庫

美しき騎士団長はワケあり召喚聖女をとことん淫らに愛したい

佐木ささめ

プランタン出版

Contents

※本作品の内容はすべてフィクションです。

第一話

この国に強制召喚されてから数ヶ月、聖女ノエルは第一王妃の離宮から外へ出ることは叶わなかった。中庭の散歩ぐらいは許されたものの、必ず監視を兼ねた護衛の近衛騎士たちが何名も控えている状況だ。

しかも第一王妃や彼女の息子――王太子の関係者を治癒魔法で癒すことで恩を売り、派閥の拡大に利用されていた。

あまりの息苦しさに、ノエルは第一王妃と王太子に外へ出たいと何度も訴えている。しかし聖女を見下す二人はノエルの意見など聞く耳を持たない。

やがて王太子は、蔑む口調でとんでもないことを言い放った。

『おまえを俺の公妾にする』

『……え』

『おまえのような異世界人は、我が国では平民以下だ。側妃など分不相応だろう。公妾で十分だ』

ノエルは王太子の側妃になりたいなんて一度も言ったことはない。それなのに彼の子どもを産む未来を決められて、心の底からゾッとした。あまりの気持ち悪さで全身に鳥肌が立つ。

このとき王太子の隣に座る第一王妃が、息子の言い分に深く頷いた。

『そうねぇ、側妃は王族の一員になるから、愛人で十分だわ。――聖女ノエル、子どもには必ず癒しの魔力を持たせるのよ。聖女の予備にするんだから』

子どもが生まれながらに持つ能力は、神からの授かりものである。人の意思で決めることなど不可能なのに、当然のように告げる第一王妃の非常識に気絶しそうな気分になった。

――ここから逃げないと。王太子の愛人になるなんて絶対に嫌。

だからノエルは城から逃げ出すことを決めたのだ。

ライズヘルド王国の首都ライズズレンは、王城を中心として同心円状に広がった城郭都市になる。東西南北にざっくりと四つの区画に分けられ、街全体を街壁(がいへき)で囲んでいた。

ノエルは西区と北区の境目辺りにある、街壁に近いエリアに露店を出している。ここは歓楽街が近いため治安がやや悪かったりするものの、心理的に王城から離れたいのでちょうどよかった。

城から逃げ出して二ヶ月ほどが経過した現在、ノエルは安宿に投宿し、薬を作って生計を立てている。

売っている薬は水薬のみだが、ありがたいことによく効くと評判だ。

今日も広場の木陰で地面に敷物を広げ、水薬を詰めた小瓶を並べると、どこからともなく人が集まってきた。

順調に薬が売れていることにホッとしたとき、目の前に険しい表情の男が立った。

「――おい、おまえ」

敵意の視線で見下ろす男は、この界隈で有名な薬屋の主人だ。なんの用かとノエルが首を傾げたとき、彼はいきなり大声で罵倒してきた。

「おまえのせいで商売あがったりだ！　何が怪我にも病気にも効く水薬だ！　そんなもんあるわけないだろう！　このペテン師め！」

いきなり敷き布に並べた薬を店主が蹴飛ばした。

何本か小瓶が割れてノエルは悲鳴を上げる。

「やめてくださいっ」

残った薬を守ろうとノエルが小瓶に覆いかぶされば、背中を男が容赦なく何度も蹴りつけてきた。

襲いかかる痛みに必死で耐えていたとき、突然男の体が横に吹っ飛んでいく。

「暴行の現行犯で捕縛する！　――捕らえろ！」

違う男の声でノエルが視線を動かすと、数人の騎士たちが転がった店主を地面に押さえつけていた。

群青色の騎士服を着た者たちは、王都警備の第一騎士団だ。どうやら巡回の騎士に運よく助けてもらったらしい。

「大丈夫ですか？」

心配そうな声に体を起こしたノエルは、自分を見下ろす騎士を見て息を呑んだ。

夜の闇に溶けそうなほどの、漆黒の髪と瞳を持つ美しい青年だった。顔のパーツが、神による計算かと思うほど完璧な配置で整っている。完璧すぎて彫像のような冷たさを感じさせるものの、彼の表情がこちらを案じるものだから、ほんの少し警戒心を解いた。

それでもノエルは男性というだけで身を縮めてしまう。王太子に罵倒され続けたことを思い出して。

ノエルの怯える様子に気づいた騎士は、「これは失礼」と告げて、店主を縛り上げている騎士たちに声をかける。

「ヘインズ！　こちらへ来てくれ」

彼の声に女性騎士が近づいてくる。男性の騎士は、「被害者を頼む」と告げて暴れている店主の方へ向かった。

ノエルは申し訳なさを覚えつつもホッとする。

「お嬢さん、お名前は？」

ヘインズと呼ばれた女性騎士は三十歳前後の優しそうな人で、わざわざ跪き目線を合わせてくれる。

ノエルは警戒しながらも、「イームズと申します」と家名を述べた。

「ではイームズさん、事情聴取がありますので待機所へ行きましょう。ついでに治療しますから」

……行きたくない。城から逃げた聖女だとバレるかもしれないから。

ライズヘルド王国では、自分の紫の瞳は珍しいと侍女から聞いている。髪は草木の汁で焦げ茶色に染めているものの、瞳の色は隠すことができないのだ。

人の多いところで顔をさらしたくない。でも強く拒否して理由を問われたくもない。

仕方なくヘインズについていくことにした。


いくつかある第一騎士団の待機所へ向かうと、奥の部屋でヘインズが背中の手当てをしてくれた。何ヶ所か打ち身になっているそうで、貼り薬を貼ってくれる。

手間をかけさせて申し訳ないとノエルは思う。治癒魔法をかければすぐに治るのだが、魔力を使うと虹色の光が現れるため、人気（ひとけ）のないところでしか癒せないのだ。

本来の目的である暴行の事情聴取は、形式的なことを聞かれただけで済んだ。どうやらあの店主は素行が悪いと有名で、しかもノエルを何度も蹴りつけているところを目撃されているため、ヘインズは被害者のノエルに同情的だった。

彼女は慣れた様子で調書を書き終えると、ノエルの目をまじまじと見つめてくる。

「綺麗な紫色をしてるのね。聖女様もこういう瞳なのかしら」

ノエルの心臓がドキッと跳ね上がった。

「……よく、言われます」

「紫の目って珍しいものね」

気さくに話すヘインズからは、こちらをうかがうような印象は感じられない。ノエルの正体にまったく気づいていない様子に胸を撫で下ろした。

考えてみれば聖女の色彩——金髪に紫の瞳という身体的特徴は有名でも、絵姿は出回っていないので容貌は知られていないはず。しかも王城の奥深く——第一王妃の離宮で軟禁されていたから、市井を守る騎士に顔が割れていないようだった。

そして逃亡してからの二ヶ月間、王都内で聖女を捜索するような動きはなかった。不思議なことに聖女が逃亡したとの噂話も聞かない。

聖女が国を見捨てたなんてことが広まったら、国民は混乱するうえ、逃げた原因を知りたがるだろう。王家にとって不都合な真実……聖女を軟禁し、本人の意思に反して働かせていたことが露呈するのはまずい。それで口をつぐんでいるのかもしれない。

ノエルは心から安堵した。この二ヶ月間、宿に近衛騎士が乗り込んでくるのではないかと、いつも緊張して暮らしていたのだ。でも今日からは憂いなく眠れそうだ。

ぽわぽわと心が弾むのを噛み締めていたら、ヘインズが引き出しからグレーの石板を取り出し手のひらを載せた。皮膚と接する面が虹色に輝くと、ヘインズが石板に向かって話しかける。

「団長、被害者の聴取が終わりました」

石板から男性の声で、『わかった。ご苦労』との返事が響く。ノエルはそれを見てひどく驚いた。

——通信の魔道具だわ。王城以外で初めて見た。

この世界は創世神である女神の祝福が消えつつあり、魔法という奇跡もほぼ消滅している。

一昔前、すべての人間は魔法の根源となる魔力を持って生まれてきたが、現在は魔力持ちはほとんど生まれず、魔術師と呼ばれる者も極端に少ない。

そしてたまに生まれる魔力持ちの赤子も、魔力量はたいしたものではないため大きな奇跡は起こせなかった。

そこで人間は魔獣——瘴気に侵されて変質した獣——を倒し、〝魔核〟となった心臓を燃料にして魔道具を使っている。人がすべて魔力持ちだった頃は魔核を捨てていたというが、今では貴重な魔力源だ。

とはいえ魔道具は作り手である魔術師が少ない今、そう簡単に新しく生み出すことはできない。かつての魔術師たちが作ったものを、整備しながら大切に使っている。

そのためものすごく貴重で、王家や貴族が独占していた。

ここは曲がりなりにも騎士団なので配給されたのだろう。

そんなことを思い返してぼーっとしていたら、ドアがノックされて男性騎士が入ってきた。広場で助けてくれた黒髪の青年だ。

彼はヘインズと入れ替わって目の前の椅子に腰を下ろした。

「第一騎士団長のレイクヴィルと申します。少し話をさせてくださいね」

自己紹介にノエルはぎょっとする。二十代半ばと思われる若さで組織の長とは思わなかったのだ。いくら王都守護を担う第一騎士団でも、トップが街の治安維持に出張るなんて意外すぎる。それに……

——騎士団長ともなれば政治家としての側面もあるはずよね。少なくとも近衛騎士団はそうだったわ。

つまり彼は、王城の深部に足を踏み入れることが可能な人でもある。第一王妃派、あるいは王太子派の人間だったら聖女に会ったことがあるかもしれない、とノエルは猛烈に焦った。

——こんな格好いい人、一度会ったら忘れないと思うけど……あの頃は気鬱で誰と会ったかよく覚えていないし……

このとき彼とノエルの目が合い、にこっと柔和な笑みを見せてきた。ノエルは少し仰け反ってしまう。

黙っているときは眉目秀麗すぎてやや冷たい印象だが、こうして微笑むと優しい方かもと思わせる人懐っこさがある。さらにこれだけ美しいから、自然と警戒心をほぐしてくる。けれど……なんとなく迫力というか、人を圧倒する気配が滲み出ているから落ち着かないのだ。傲慢というわけではなく、他者の上に立つことが自然な環境で生きてきた者の特有な威圧感がある。

間違いなく貴族だろう。それもかなり高位の。

「お名前はアビゲイル・イームズさんですね……女神の御使いの名前ですか。あなたによく似合っている」

「はあ……」

困惑気味の声が漏れた。家名は名乗れども名前は言えないので、七人いる女神の御使いの名を借りることにしている。ちなみに〝ノエル〟も御使いの名前である。

——第一王妃に、『聖女ごときが女神の御使いを名乗るなんて、おこがましい』って言われたけど、そう思わない人もいるんだ……当たり前よね。

どうも第一王妃から、キンキンと甲高い声で嫌みを言われ続けて感覚がマヒしていたようだ。

ふと、レイクヴィルが横を向いたとき、黒髪の隙間から覗く耳朶に注目した。

血のような赤い石のピアスがはめられている。男性が耳飾りをするのは、この国では初めて見た。

――ん？　あれって魔道具よね？

稼働中の魔道具は魔力を帯びるため、魔力持ちのノエルには魔道具であることがわかる。

ピアス程度でどんな効果を発揮しているのかしら？　と興味津々で見つめていたら、レイクヴィルの声で我に返った。

「ではイームズさん。これについて聞かせてもらえますか？」

彼が水薬の入った小瓶を机の上に置く。ノエルの心臓がギクッと飛び跳ねた。

ノエルは世にも珍しい癒しの魔力を持っているので、白湯にその力を注ぎ〝万能薬もどき〟を作っていた。あくまで〝もどき〟だから、怪我や病気を軽くする作用しかない。効き目を強くすると肉体の欠損まで治してしまい、官吏に目をつけられると思ったので。

しかし実体はただの水だから、詳しく調べても薬の成分など何もない。詐欺で捕まるかもしれないと考えた途端、ノエルの顔が真っ青になった。

レイクヴィルがギョッと目を見開く。

「えっ、どうしました？　もしかしてどこか痛むとか？　背中ですか？」

中腰になった彼が、動揺も露わに顔色を悪くする。端整な顔にはこちらを案じる表情を浮かべて、オロオロと両手を宙でさまよわせていた。

そのうろたえっぷりに、ノエルは逆に落ち着きを取り戻す。

「……ちょっと気分が悪くなっただけで、大丈夫です」

冷や汗をハンカチで拭きとってから、冷静に頭を下げる。その様子を認めて、レイクヴィルの方も平常心を取り戻したようだ。

「本当に大丈夫ですか？　あっ、もしかして私が暴行犯と同じ男だからとか……!?」

それもあるが大本（おおもと）は違うので、「いえ、そんなことはありません」と否定しておく。

「でも無理はしない方がいいですよ」

レイクヴィルが椅子を持って後退し、ドアのところまで下がった。ノエルとの距離がかなり開く。

「これなら大丈夫そうですかー？」

声は届くものの話をするには遠すぎる。彼の極端な気遣いにノエルは呆けてしまい、数秒後には噴き出してしまった。

「そこまで離れなくても大丈夫です。どうぞ元の位置に戻ってください」

「……そう？」

レイクヴィルはおそるおそるといった様子で、再び椅子を持って戻ってくる。ノエルは彼の優しさに、男性に対する怯えが消えていくのを感じた。

そして心が温かくなってくる。この国に召喚されてからというもの、ずっと緊張と不安に苛まれてきた。でも優しい感情を向けられて、待機所に来てから身構えていた心が平らかになる。

「あー、じゃあ聞かせてもらうけど、これはイームズさんが作ったんですか？　それともどこかで仕入れたとか？」

「私が作ったものです」

「そうですか。私も以前飲んでみましたが、体の不調がみるみる消えたんです。大きな怪我をした団員の傷もすぐに塞がって本当に助かりました。これは素晴らしい薬ですね！」

レイクヴィルの黒い瞳がキラキラと輝いたように見えた。まるで幼い子どもが、欲しかったおもちゃを手に入れたときみたいに。

無邪気ともいえる彼の表情に親しみやすさを覚えて、ノエルは自然と微笑んでいた。

「お客様だったのですね。私の薬を買っていただき、ありがとうございます」

こうして誰かの役に立ったと知ることができて嬉しい。

このとき微笑むノエルを見た彼が、ほんの少し目を見開いて、わざとらしく咳払いをした。

「えぇっと、それで相談なんですけど、この薬をすべて騎士団に売りませんか？　イームズさんの言い値で買い取りましょう」

「……騎士団に、すべての薬をですか？」

「はい。広場で露店を営むのは構いませんが、今日みたいな輩に再び襲われる可能性があります。今日はたまたま私たちが駆けつけましたが、次は同じようにはいかないでしょう」

確かに今日は運がよかったとノエルはうつむく。

あの店主は、『商売あがったりだ！』と叫んでいたから、ノエルを商売敵として恨んでいたことになる。ならば彼以外の同業者も同じようにノエルを妬み、排除しようとするかもしれない。

それでレイクヴィルはノエルの安全のために申し出てくれたのだろう。確かに広場で露店を続けるのは恐ろしい。金を稼ぐだけなら、彼の申し出に頷くのが賢いやり方だと理解している。

でも、それでも。

「……騎士団にすべて売ったら、私の薬は騎士様にしか渡りません。騎士様のおかげで街の治安がたもたれ、私も助けていただきましたが……できることなら民衆のお役に立ちたいのです」

罵倒されるかと思って、うつむいたまま呟いた。

彼が何も言わなかったので顔を上げると、目が合ったレイクヴィルは微笑を浮かべて頷いてくれる。その穏やかな表情と眼差しに、己のわがままが許されていると感じて言葉を続けた。

「王都で暮らす多くの人に私の薬が役に立ってほしい……救える人を限定したくないのです。できれば王都以外にも、国中の人々にも……」

王城を逃げ出したのは、この理由がもっとも大きかった。

王太子の公妾にされて死ぬまで隷属することから逃れたいのもあったが、王城での自分の役目は王族と一部の貴族を癒すことだけだ。

国を支えているのは王や貴族だけではない。民草もまた女神が愛する世界の住人だ。民のために働くのなら、給金もなければ休みもない日々も耐えられたのに。

けれど第一王妃に国民の治癒を申し出たら激しく叱責されて、見せしめに侍女たちを折檻された。

鞭を打たれた侍女たちは、全員治癒魔法で治すことができた。でも暴力を振るわれた者は、痛みだけでなく恐怖によって心が傷つくのだ。

ノエルは体の傷や病は治せても、心の傷は治せない。

……だから王城から逃げ出したのだ。あのきらびやかな牢獄から。

黙り込んでしまったノエルが唇を噛み締めると、穏やかな声がかけられる。

「じゃあこうしませんか。薬は騎士団にとっても貴重だから売ってほしいけど、全部は求めません。でも残りの薬を広場で売るのは危険だからやめてください。そのかわり販売する際はイームズさんの安全を騎士団が保障しましょう」

不安の眼差しをノエルが向けると、彼はニコリと爽やかな笑みを見せる。……この人は笑顔が素敵だなと、ぼんやりと整った容姿を見つめたまま思った。

「……どうやって、ですか？」

「きちんとした店を持てば安全です。資金は私が融資しますよ」

その言葉を頭が理解するのに数秒ほどかかった。

「……え、えええぇっ！　いっ、いえっ、そんなっ、結構です！」

「まあまあ、遠慮しないで。商業地区に店舗を借りるだけの資金ぐらい、明日にでも用意できますから」

とんでもないことを笑顔で告げるレイヴィルに、得体の知れない何かを感じる。彼は善意で言っているかもしれないが、それがどれほどの大金かはノエルでも察せられた。

「……すみません、見ず知らずの方にお金を借りることなどできませんので、遠慮させてください」

貴族の気まぐれかお遊びだろうが、何かの罠じゃないかとも勘ぐってしまう。

するとか彼は、ふむ、と長い指を顎に添えて宙を見つめた。……そんな仕草さえ格好いいなと思うから、ノエルは彼の申し出を断る罪悪感まで覚えてしまう。

数拍の間を空けて、彼がとてもいいことを思いついたような顔になり、両手を合わせてパンッと乾いた音を鳴らした。

「店じゃなければいいんですよね」

「え？」

「広場は危険、でも店は借りられない。それなら広場でも店でもない安全な売り場をご用意しましょう。きっとイームズさんも気に入りますよ」

今日中に決められるかな、と呟く彼の脳内では、すでに計画が動き始めているように感じられる。

「あのっ、とてもありがたい申し出ですが、団長様にそこまでしていただくわけにはいきません」

思考に沈んでいた彼は、ふと顔を上げてノエルを見ると、急に柔和な表情を真面目なものに変えた。

「――あなたを守りたいのです」

一瞬、何を言われたのかノエルにはわからなかった。ただ、まっすぐに見つめてくる眼差しがとても真摯だったから、目を逸らすこともできずに見つめ合う。

「あなたのようなか弱い乙女が男に蹴られているところを見て、もう二度と同じ目に遭ってほしくないと、あなたを心身共に守りたいと思いました」

「…………」

「誰にも脅かされることのない安全な環境で、笑いながら幸せに生きてほしい。あなたに悲しい思いをしてほしくないのです」

手袋をはめた大きな両手が、ノエルの小さな両手を包むように握り込む。宣言通り、ノエルの肉体だけでなく心まで守ると言いたげな優しい力加減だ。

ノエルは彼の手を振り払うことができず、黒い瞳に見入ってしまう。

「どうか私にあなたを守ることを許してください。……騎士はそのために存在するのです」

——あ、ああ！　そういうことね！

ノエルは心臓の激しい鼓動を聞きながら納得する。彼がとても真剣に、ノエルを心配しているとの気持ちを込めて告げるから、まるで求愛されているみたいで胸がときめいてしまった。

でも彼は騎士として当然のことを言っただけだ。もしかしたら自分と似たような目に遭った女性たち全員へ、同じことを告げているのかもしれない。

勘違いして恥ずかしい。顔が熱いから紅潮しているかもしれない。

動揺しすぎて混乱するノエルは、断るつもりだったのに思わず頷いてしまった。

「そう、ですね……これ以上、騎士様の手を、煩わせるわけには、いきませんし……」

「じゃあ決まりですね！」

レイクヴィルが笑顔で両手に力を込める。その感覚に、ノエルの心臓が再び大きな鼓動を鳴らした。

彼の手が離れても、美しい顔をまともに見ることができなかった。


その後、レイクヴィルはノエルをわざわざ宿まで送り届けてくれた。

ノエルは外出の際にボンネットを深くかぶっているので、露店を開いていなければ薬売りだと特定されないはず。なので彼の厚意を断ったのだが、笑顔で却下された。

「背中の打ち身が痛んで、途中で歩けなくなるかもしれないでしょう？」

……自分で治せるんです、と言えないことがつらい。

ノエルが罪悪感を持て余しながら宿に戻ると、彼は古びた建物を見上げて複雑そうな顔つきになった。

「女性がお一人で泊まるには、あまりふさわしくない宿ですね」

部屋はきちんと掃除もされて清潔なのだが、とにかく古くてみすぼらしいのだ。よくよく見ると全体がわずかに傾いているため、強い嵐が来たら倒壊しそうな雰囲気がある。

確かに女が一人で泊まるような宿ではないが、身分証を持たないノエルは難民になるため、部屋を借りることはできないのだ。

「でも、物取りは入ってこないそうで安全です」

「金の気配はありませんからね。しかし女性の安全が守られているとは思えない」

「宿のご主人は親切なおばあ様で、従業員用の部屋に泊めてくださっているのです」

客室から離れているうえ、従業員は全員自宅から通いなので、ノエルの他に従業員部屋を使う者はいない。今まで身の危険を感じたことはなかった。

しかし彼は腕組みをして唸る。

「その部屋って客室より狭いし日当たりが悪いですよね？　宿代を払っているならおかしいのでは？」

「そうでしょうか？」

ノエルが不思議そうに首をひねるのを、彼は苦虫を噛み潰すような表情で見下ろした。

「……わかりました。薬の件もあなたの安全も、すべて私にお任せください。すぐに解決してみせましょう」

キリッと断言する彼の凜々しい姿に、ノエルはドキドキしながら頷いた。言われてみれば部屋はベッド以外に歩けるスペースがほとんどなく、ベッドの上で水薬を作るため、零さないよう苦労していた。

彼は、「明日にでも伺（うかが）います」と告げて、右手を左肩に添える騎士の敬礼をする。その姿が今までの優しい雰囲気とは一変して、勇ましさが増してさらに格好いい。

こんな素敵な人に気にかけてもらう幸運に、心臓が痛いぐらい跳びはねてしまう。

初めて感じる気持ちに戸惑いながら、ノエルは颯爽と去っていく広い背中が見えなくなるまで動くことができなかった。

ライズヘルド王国では、国王が病に倒れて苦しんでいた。

賢王と称えられる彼を助けるため、第一王妃と王太子が治癒の能力を持つ聖女を召喚した。この国にはかつての魔術師たちが異世界から聖女を召喚し、彼女らが国家の危機を救ったとの文献が数多く遺されているのだ。

しかし魔力持ちが生まれなくなった現代では、召喚の大魔法を使える魔術師など存在しない。ただ、儀式の手順と召喚の魔法式は残っていたため、魔核を大量に集めて儀式を執（と）り行った。

そして現れたのがノエルだ。

実はノエルは異世界人ではなく、同じ世界の、遠くの国に生まれた同世界の人間になる。

故国はライズヘルド王国から遠く離れた大陸にある国で、距離が離れすぎているため両国に国交はない。どのような国であるか、互いに把握さえしていない関係だった。

王城の官吏たちに、『異世界の聖女様』と呼ばれたが、彼らが求める癒しの魔力があるのは本当なので、夢を壊しては悪いと思って同じ世界の人間であることは黙っていた。

不運だったのは、聖女の庇護者となった第一王妃と王太子が、最初から聖女に対して嫌悪感……敵意にも似た感情を持っていたことだ。

ノエルは国王の病を癒したあと、市井に下りてこの国の民の役に立ちたいと思っていた。

しかし第一王妃の離宮に軟禁されて、日々第一王妃と王太子の関係者を癒すだけ。

徐々にノエルは聖女であることが苦痛になっていた。

それどころか聖女を国に縛りつけるため、王太子の公妾にすることが決められてしまう。

だからノエルは城から逃げ出したのだ。

宿に戻ったノエルは癒しの魔力で背中の打ち身を治し、その日は薬も作らず、翌日のことを考えて部屋でぼんやりとしていた。
脳裏には太陽のように明るく笑う、精悍で美しい騎士が浮かんでは消えていく。

あなたを守りたいと、真剣な表情と眼差しでノエルを見つめたことも思い出し、顔が熱くて落ち着かなかった。

——勘違いしちゃ駄目、騎士様が騎士道精神を発揮されただけだから。

男性なんて家族以外、自分を利用するか見下す人しかそばにいなかったため、レイクヴィルの誠実な人柄がことさら心に沁みただけだ。決してうぬぼれてはいけない。自分は平民以下の難民なのだから。

このとき不意にあることを思い出した。王城にいた頃、侍女やメイドたちが格好いい騎士や官吏にときめいていたことを。

——これが誰かを〝推す〟って気持ちなのかしら？

なんでも二百年ほど前に召喚された先代聖女が、〝推す〟とか〝推し〟とかの概念を広めたという。先代が生まれた国は異世界の極東にあって、独特の文化が生まれる国らしい。しかもこの世界よりもずっと文明が成熟しているそうで、彼女がもたらした知識によって、ライズヘルド王国は経済や文化などのすべてが周辺諸国より進んでいる。

実際にノエルもこの国に来て、故郷の文明がみすぼらしいように感じてショックを受けた。華やかな首都で生まれ育ったというのに、ものすごい田舎者になった気がして。

誰かを推すという概念も理解できなくて、王城の侍女たちが誰を推しているのかで楽しそうに話していても、会話に入れず寂しかった。

でも今なら仲間になれそうだ。

——懐かしい。みんな、元気にしているかしら。

王城での軟禁生活で唯一の楽しみは、身の回りの世話をしてくれる侍女たちとのおしゃべりだった。王城の侍女となればプライドの高い貴族令嬢が多いけれど、ノエルにつけられた侍女たちは、準男爵や騎士爵などの平民に近い貴族ばかりで、みんな気さくな女の子だった。

彼女たちのおかげで、ノエルはこの国の仕組みや社会、文化や常識について学ぶことができたのだ。

城から逃げ出したときは彼女たちが仕事を始める前の早朝だったので、聖女を逃がした罪は問われないと思う。でも無事でいるだろうか……

そんなことを考えながら眠りに落ちたため、暴力を振るわれた恐怖による悪夢も見ず、朝までぐっすり眠ることができた。ありがたいことだった。

翌日、ノエルが簡単な朝食を済ませて片づけをしていたら、宿の主人に「お客さんだよ」と呼ばれた。

玄関に向かうと群青色の制服を着た騎士が立っているから驚く。第一騎士団のレイクヴィル騎士団長だ。

「すみません、お待たせして」

会う時間は決めてないが、こんなに早い朝の時間帯に来るとは思わなかった。

「いえ、私が早すぎたんです。あなたが無事でいるか心配で眠れなくて」

「そっ、それは、申し訳ありません……」

まるで口説くかのような言葉に顔面が熱くなってくる。

顔がいいだけでなく、背が高くて騎士らしい体格に頼もしさがあって、さらに笑顔が素敵で性格も素晴らしい。無敵ではないだろうか。

――確か侍女たちは推す対象を〝推し様〟って呼んでいたわ。なんかわかる。

ドキドキする心臓を服の上から押さえ、急いでボンネットを取りに行ってから玄関へ戻る。彼に、「歩きながら話しましょう」と告げられ、ともに西区――商業地区へと向かった。

ノエルは視界の端に入る、王城の尖塔を確認しつつ歩く。……王都の中心に近づく道は選んでいない。そして彼はこちらの正体に気づいていない様子で、城へ連れ戻す気配も今のところ感じられない。少し安心した。

「西区の街壁近くに、私の遠縁にあたる老婦人が不動産を扱っていましてね。彼女にあなたのことを相談したのですよ」

ノエルの境遇に同情した老婦人が、自宅の隣に住んだらどうかと提案してくれたという。

隣家も彼らが所有する不動産で、庭付きの二階建て一軒家。そこなら庭先で薬を売ることもできるんじゃないかと。

家賃を聞いたところ、相場よりかなり低い破格の値段だった。街壁近くなので西区の中でも安いのだという。

しかも身分証がなくても、レイクヴィルが身元保証人になるなら貸してもいいとのことだった。

ノエルは聞いているうちに、だんだんと不安感を覚えてしまう。レイクヴィルを信用しないわけではないが、ここまでうまい話などあるのかと……

「すごくありがたい申し出ですが、そこまで甘えることはできません」

「もちろん条件があります。それを呑んでもらわないと入居できません」

やっぱり、とノエルは思いつつ口内に溜まった唾液を飲み込む。

「……条件とは？」

「我が第一騎士団へ優先的に薬を売ること。そして大家の老婦人とお茶をすることです」

彼がいい笑顔で言い切ったため、ノエルは整った顔を見上げながら目を瞬く。

「それだけですか？」

騎士団に薬を売ることは、昨日のうちに承諾しているから問題ない。それ以外の条件が、条件と言えるものではないと思う。

無意識のうちにノエルの瞳に猜疑心が滲み出たのか、レイクヴィルはわざとらしく額を手で押さえて首を振った。

「ああ、老人の終わりが見えない愚痴に付き合う苦痛をご存じないのですね。彼らは同じ話を何度も繰り返し、こちらの話をまったく覚えず、何度も同じことを聞いてくる。しかも、『いつになったら結婚するんだ』とか答えにくいことばかり！」

芝居がかった表情と口調に彼の嘆きを感じて、ノエルは小さく噴き出した。

「そういうの、よく聞きます」

「でしょう？　仕事を理由に近づかないようにしているのですが、もういい歳なので何かあったらと心配です。あなたが相手をしてくれると本当に助かります」

ノエルはようやく納得した。

「では、一度その家を見てから決めてもよろしいでしょうか？」

「もちろんです！」

レイクヴィルがパァッと嬉しそうな表情になる。とても喜んでいるとわかる顔つきに、彼がその老婦人を案じていると、心優しい人であると感じてこちらの心まで温かくなった。

石畳の道を並んで歩いていけば、商業地区の中に形成された小さな住宅街にたどりついた。

商業地区では漆喰（しっくい）を塗った白壁の建築物が並んでいたが　住宅街はレンガ造りの家が並

んで雰囲気がガラリと変わる。

目的の家は、その一角に建つこぢんまりとした建物だった。

「わあ……いいですね、ここ」

庭は小さいがよく手入れされて花が咲き誇っており、贅沢にも大きなガラス窓を多用しているので日当たりがよさそうだ。

「では中を見てみましょうか。鍵は預かっています」

「まずは大家さんへご挨拶に行くのでは？」

「いえ、あなたが物件を気に入ったらでいいんですよ」

挨拶をしてから気に入らなかったら断りづらいから、とレイクヴィルが述べる。それもそうかなと納得したノエルは、彼に続いて玄関から家に入った。

中は想像通り太陽光が差し込んで、とても明るい。庭に面したテラスもあり、開放感が素晴らしいと感じた。

廊下に敷き詰められている陶器タイルの模様が、実にモダンで可愛らしい。壁紙は淡い花柄模様だから女性的で落ち着ける。暖炉が大きいので冬は暖かいだろう。

家具つきの物件とのことで、ホコリよけの白い布を少し持ち上げると、飴色の可愛らしい机や椅子が置かれていた。家具は傷つけなければ自由に使ってよいそうだ。

「すごい、素敵……」

「気に入りましたか？」

「はい！　素敵な家なのに、借り手がつかないなんて不思議です」

「大家が気難しい老人ですからね。気に入った店子でないと家は貸さない主義だそうです」

ノエルにとっては好都合だ。この家をあの家賃で借りられるのなら、気に入ってもらえるよう頑張りたい。

緊張しつつ大家がいる家へ向かうと、意外なことに優しそうな老女が出迎えてくれた。

「おや、そのお嬢さんかね？　隣に住みたいって子は」

「はい。――イームズさん、この方が大家のエイマーズ夫人です」

気難しいと聞いていたのに、正反対の優しそうな婦人が現れて面食らう。それでも丁寧に挨拶をすれば、庭のテーブルに案内されてお茶に誘われた。

老婦人は夫君に先立たれたうえ、息子一家は辺境で暮らしているのでめったに会えず、寂しさを紛らわせるために茶飲み友だちを探しているという。

彼女はノエルの何がよかったかわからないが、気に入ってくれたようだ。

「お嬢さんなら隣家を貸してもいいわ」

「はっ、はい！　よろしくお願いします」

うまくいきすぎのような気もするが、今までの不運が好転したと思うことにする。

その場で賃貸借契約を交わし、今日から入居していいと真鍮（しんちゅう）の鍵を渡された。

手のひらに感じる重みと金属の冷たさに、ノエルは泣きそうなほどの感慨が胸に湧き上がる。宿暮らしに慣れてきたとはいえ、根無し草の生活は不安定で心許（こころもと）なかったから。

少しずつ精神が疲弊していくのも感じていたため、ここを安住の地にしたい。

さっそく宿から荷物を運んで引っ越すことにした。宿への道中、レイクヴィルはとても機嫌がよさそうだ。

「あなたが夫人のそばにいてくれたら私も安心です」

「結構なお歳ですから心配ですよね。でも全然気難しくないし、すごく親切な方で驚きました」

「気難しいですよ？　今日はあなたの徳に惹かれたのでしょう」

……この人はことあるごとに褒めてくれるから照れくさい。でも家族以外に、これほど親切にしてもらったのは初めてなので嬉しかった。

彼にしてみればこれは仕事で、水薬を手に入れたいという動機による親切だとわかっている。それでもこの国に来てからずっと気が張り詰めていたから、心にこびりついた不安が溶けていくようで。

ようやく心から笑うことができたと思った。

ノエルの荷物は着替えと空の小瓶ぐらいしかないため、引っ越しというほどの準備はかからない。

宿を引き払ったノエルは、さっそく新居の掃除を始めることにした。とはいってもエイマーズ夫人が掃除をしていたのか、家の中は全然汚れていない。

――うーん、内見(ないけん)のときから感じていたけど、綺麗すぎるような気がするわ。不思議。

高齢の大家が、これほど清潔な状態を維持できるものだろうか。まあ、誰か雇って掃除をさせていたと思うけれど。

陽が落ちる頃に家の中は掃除が終わり、エイマーズ夫人が差し入れてくれた洗い立てのベッドシーツを使って、ノエルは久しぶりに安眠を貪ったのだった。

「――まだ見つからないのか！」

ライズヘルド王国から遠く離れたブレイス王国では、王太子のローランドが苛立たしげに叫んでいた。補佐官の一人が震える声で報告書を読み上げる。

「ノエル・イームズが暮らしていた家のそばで、魔法の痕跡が見つかりました。かなり強大な召喚魔法のようで、おそらく他国に奪われたのではないかと……」

「クソッ！　せめてどこに召喚されたかわからないのか？」

「現在、宮廷魔術師が総力を挙げて調べておりますが、召喚から時間がたっておりますゆえ、なかなか難しいかと……」

「一刻も早く召喚先を見つけ出せ。それほど猶予はない」

ローランドが視線を窓の外へ向ける。雲に覆われた空は暗く、もう何ヶ月も天候不順が続いていた。長い間、豊作続きだった奇跡が突如として途絶えたのだ。このままでは飢饉が起きる。

「……絶対に取り戻す」

ギリィッ、と歯噛みする王太子の端整な顔には、抑えきれない焦燥が滲んでいた。

ノエルは引っ越しの翌日から、さっそく水薬を作り始めた。
薬の宣伝については、エイマーズ夫人へ水薬をあげた際に助言をもらっている。
「この薬は素晴らしいわ！　これを持ってご近所様へ挨拶回りをしなさい。ご婦人たちが評判を広めてくれるから」
夫人の予想通り、あっという間に口づてで水薬のことが広まり、毎日お客が訪れるようになった。

それから一ヶ月後。

日の出と共に起床したノエルは、身支度を整えて朝の礼拝を済ませてから家の掃除を始める。その後、門を開放して石柱に小さな木の看板をぶら下げた。

『薬を売っています』

たったこれだけで店名も記していないが、この看板が出ている間は水薬の在庫があるということだ。

次いでノエルは、テラスに続く扉を開放して、ガーデンテーブルと椅子を出す。お客は圧倒的に女性が多く、薬を買うついでにおしゃべりをしていくため、座る場所を用意しているのだ。

今は真夏で気温は高いけれど、空気は乾燥していて風が涼しく過ごしやすい。故国の夏は雨期と重なってとにかく湿度が高くてうんざりするが、これほどさっぱりしている夏は初めてで、澄み渡った青い空を見るたびにワクワクしてくる。

最近では、この国に来てよかったと心から思えるようになった。

鼻歌を歌いながら麦わら帽子をかぶり、庭のすみにある小さな畑に水をやる。庭はそこそこの広さがあって、薬草やハーブを栽培し始めた。

ノエルには夢がある。自分の畑を持つことは、その夢を叶える第一歩だった。

こまごまとした家事を片づけていたら、近所のご婦人がやって来た。

「イームズさん、初物のローズヒップティーが手に入ったの。一緒に飲みましょう」

「わあ、嬉しいです！」

この人はエイマーズ夫人の紹介で、定期的に薬を購入してくれる方の一人だ。水薬で長年の腰痛が緩和されたとのことで、薬を買わないときでも、ときどきおすそ分けを届けてくれる。

ノエルは慌てて家の中から軟膏を持ってきた。

「これ、新しく作ったんです。手荒れだけでなく顔の吹き出物にも効きますよ」

「まあ！　嬉しいわ、ありがとう」

婦人はさっそく軟膏を手にすり込んでいる。

手荒れは水薬で緩和できるのだが、小瓶は割れやすいので試しに軟膏を作ってみた。水より香りがつけやすいのもあって、こちらの方が作業は楽しかったりする。

もちろん癒しの魔力を込めているから効き目は抜群だ。軟膏を試してもらう間にローズヒップを蒸らしておく。

ドッグローズはライズヘルド王国の国花なので、王都のいたるところに植えられている。各家庭でも栽培しており、秋になると宰のローズヒップを使ったお茶やお菓子が作られ、盛大なお祭りも開かれるという。

収穫時期はまだ先だが、寒冷地ではすでに実がなっているそうで、はしり物が商人によって王都に持ち込まれていると、ご婦人が教えてくれた。

この庭にも入居する前からドッグローズの低木が茂っているため、ローズヒップが収穫できたらジャムやシロップを作りたい。

一緒に初物のローズヒップティーをいただいていると、ご婦人が、「そういえば」と話題を変えた。

「最近、王城が騒がしいのよ」

「そ、うですか、初耳、ですね……」

「あたしの従兄弟の娘が王城の洗濯場で働いているの。先月あたりからね、推しの騎士様のシャツが回ってこないって嘆いているのよ」

推しとの言葉で、ノエルは第一騎士団のレイクヴィル団長を思い浮かべる。でもすぐに意識を正面の婦人へ戻した。

「辞職されたか、長期休暇を取られているのでは？」

「その子も最初はそう思ってたんだけど、なんかおかしいのよね。その子の推しは近衛騎士様なんだけど、近衛騎士団の半数近くのシャツが洗いに出されなくなったって言うの」

「まあ、近衛騎士様の数が減るなんて、何があったのでしょうね？」

「王族の誰かが城を出てるのかもって話していたわ」

「そうかもしれませんねぇ」

ノエルは曖昧に微笑んでおいた。なんとなく察するものがあって。

聖女が王城から逃げ出して、すでに三ヶ月が経過している。その間、見つけ出すどころか足跡さえつかめていないはず。本人は王都にいるのだから。

――城から逃げたとき、一度王都を出てから変装してすぐに戻ったのよね。聖女らしき女性が王都を出たと門衛が証言すれば、まさか戻ってくるとは思わないでしょうし。

追っ手は国境や港を探すだろう。しかしこの国は国土の半分以上が海に面しているため、数えきれないほど港が多い。一つ一つ調べるには膨大な時間がかかる。

痺れを切らして、聖女の顔を知る近衛騎士が捜索に向かったのだろう。

「何が起きているのか、あたしらみたいな平民にはさっぱりわかんないけど、新しい聖女様もいらっしゃったし、後継ぎに優秀な王子様もいるからこの国は安泰だよ」

聖女はともかく、王太子については共感しづらいので曖昧な表情を浮かべておいた。

王都で暮らし始めてから不思議に思うことがいくつかある。その一つに、国民があのボンクラ王太子を賢王の器だと信じていることだ。

おそらく国による情報操作の賜物(たまもの)だろうが、早く目を覚ましてほしい。

――あんな王太子が国王になったら、この国は破滅すると思うけど……でも政治は悪くないのよね、この国。

国王が病に倒れているときは、王太子が中心となって政務を引き受けていたという。その間の国政は常と変わらず安定をたもち、周辺諸国からの牽制や圧力にも動じず、国境も平穏だった。

王太子の実績を見れば、確かに為政者としての資質がありそうだと思うが……

――私が王城にいる間、王太子って遊んでばかりだったのよね。それに自国のこともよくわかってなくて、この国のことを聞いてもいいかげんな答えしか返ってこなかったわ。知識が薄いうえに短気ですぐ怒るから、政治家として向いてない王子だと思ったのだけど。

ノエルの知っている王太子は、朝は誰よりも遅く起きてのんびりと食事を取り、執務は側近に押しつけて、婚約者候補の令嬢たちとお茶会の毎日だった。

これは伝え聞いたことではなく、実際にこの目で見たことだから間違いない。王城に滞在していた間、王太子を尊敬することなど一度もなかった。

しかもノエルに妃教育を受けるよう命じ、政務をやらせる気まんまんだった。聖女の侍女たちも王太子派の家の出身なのに、王太子にまったく親しみを持っていなかった。

「……まあ、王族に何かあったとしても、王太子殿下だけでなく第二王子殿下もいらっしゃるから、お二人が協力して国を盛り立てていただきたいですね」

ノエルの言葉に婦人が目を剝いて驚いた。

「あんた、知らないのかい？　第二王子といえば働かない遊び人って有名じゃないか」

「へえ、そうなんですか」

王族に興味もないので知らなかった。それに第二王子とは会ったこともない。

ノエルは第一王妃の離宮に軟禁されていたため、国王陛下でさえ、病を治したとき以外に謁見は叶わなかった。そのため王族で話したことがあるのは王太子と第一王妃だけ。

この国には王妃が二人いて、第一王妃から王太子が、第二王妃から第二王子が生まれている。どちらの王妃も正妻で、第二王妃が側妃というわけではないと聞き、ノエルは故国とは違う王家の決まりに混乱したものだ。

それはともかく、軟禁されていたノエルに真相はわからないし、もう二度と王族と関わるつもりはないのでどうでもいい。

そう思いながらローズヒップティーを飲み干した。

「おいしかったです。ごちそうさまでした」

「どういたしまして。今年は天候が安定してるから秋の収穫が楽しみだよ。……去年は干ばつがひどかったからねぇ」

「まあ、大変だったのですね」

「そうなのよ。王都は地下水が豊富で水不足にはならなかったけど、干ばつが発生した地域の農作物は全滅でね」

友好国からの食糧の輸入によって飢饉は避けられたが、物価の高騰は避けられなかったという。

「でも今年は豊作のようだし、魔獣の被害が減ってるらしいから、顔なじみの商人が喜んでいたわ」

「魔獣ですか。狂暴なんでしょうね」

「えっ、魔獣を知らないのかい？」

「故郷にはいなかったんです。瘴気が発生しないので」

ノエルは自身について、『遠くの国の出身で、戦渦に巻き込まれて家族が亡くなり、身一つでライズヘルド王国へ逃げてきた』と周囲に説明している。聖女と同じ瞳の色も、生まれ故郷では珍しくないと言えば納得してくれた。

「それは羨ましいわねぇ。魔獣なんて周辺の国にもいるのよ」

魔獣は人を襲って食い殺す恐ろしい存在だ。家畜や野生の鳥獣に瘴気が取りつき、魔獣へと変質し、狂暴化するという。

魔獣討伐のために、第二から第五騎士団が駆り出されているが、人気（ひとけ）のない街道で旅人や商隊が襲われることも少なくない。

瘴気や魔獣については研究が進められているものの、詳しくは解明されていなかった。

そんなことをのんびりと話していたら、ぞくぞくと他のお客がやって来た。気を利かせた婦人は、「じゃあね、軟膏をありがとう！」と告げて帰っていく。

　そこからお客が途切れず、対応に追われていたら午後二時になった。この時刻、週に二回は第一騎士団が水薬を買いに来る予定になっている。もちろんレイクヴィルも必ず顔を出す。

　ノエルは何度も鏡を見て身だしなみを再確認した。

　肩まで短くした髪はいつもひとくくりにしているが、このときだけは解いて櫛でよく梳かす。日に焼けて赤くなりかけている肌は治癒魔法で治し、麦わら帽子はかぶらない。

　鏡に映る自分は、王城にいるときよりも顔色がいいし明るく見える。夏らしい服装のせいかもしれない。

　今日は清潔な白いブラウスに、淡い水色のコルセットスカートを合わせ、青色のボウタイを結んでいる。今までは汚れてもいい質素な服を着ていたが、お金が貯まったので娘らしい服装をいくつか購入した。

　身なりを気にするようになったのは、お客のご婦人たちと推し談議をしていたときのことがきっかけだ。ある日、劇団の俳優を推しているご婦人がこんなことを告げたのだ。

『推しの劇を観に行くときはおしゃれしていくの。みすぼらしい姿で彼に会いたくないじゃない。幻滅されたら泣いちゃうわ』

　その言葉に、ノエルは雷に打たれたような衝撃を受けた。まったくもってその通りだと気づいたのだ。レイクヴィルに幻滅されたくないと。

ソワソワと落ち着かない様子でノエルが門を見ていると、やがて家の前に幌馬車が到着した。馬車と並走する馬に乗ったレイクヴィルを見て、ぎゅっと拳を握り締める。

――今日も格好いい……私の推し様……尊い……

ノエルが門で出迎えると、下馬したレイクヴィルと目が合った。柔らかく微笑む彼の表情が素敵で、ノエルの心臓が病にかかったみたいに激しい鼓動を打つ。闇色をまといながらも、太陽のように周りを明るく照らす人だといつも思っていた。

「こんにちは、イームズさん」

「……こんにちは。お疲れ様です、レイクヴィル団長」

「顔が赤いですよ。日に当たりすぎたのでは？」

「大丈夫です……」

これは単にあなたの笑顔を見て顔が赤くなっただけです。と、心の中で呟いたとき、レイクヴィルから小さなカゴを渡された。甘くて瑞々しい香りが漂ってくるのでお菓子だろう。彼はここに来るとき、必ず差し入れを持ってきてくれる。

蓋になっている布をめくった途端、ノエルは歓声を漏らした。手のひらより一回り大きいサイズのホールタルトで、ラズベリーやブルーベリーなど、色鮮やかなベリーがふんだんに使われている。

「なんてきれい！　こんなにたくさんのベリーを使ったタルトは初めて見ます」

「今の時期、ベリー類は王都の外でたくさん採れますから」

　この国の食文化は顕著な発展を見せており、他国では見かけない調味料を駆使して、複雑で奥行きのある味わいの料理を生み出している。お菓子類もおいしいだけでなく見た目がとても美しくて、食べるのがもったいないほどだ。

　故郷は他国との交流がなく、ライズヘルド王国と比べたら文化や産業の発展が遅れている。いろいろと停滞している国なのだが、そのかわり国民のほとんどが魔力持ちなので生活に不便はなかった。

　それでもノエルはこの国の方が生きやすいと思うのだ。

　――だって食事なんて素材を焼いて塩を振るか、全部煮込んでスープにするかしかなかったもの。

　ノエルにとって、この国の料理はものすごい衝撃だった。王城でのいい思い出といえば、食事がおいしかったことである。

　もちろん下町でも多種多様な味わいの料理が提供されている。米という穀物は初めて食べたけれど、嚙むと甘みがあってパンより好きかもしれない。

　ノエルが食べ物にいちいち驚く様子が珍しかったのか、レイクヴィルは差し入れにお菓子だけでなく、調味料やレシピ本まで持ってきてくれる。ノエルが彼の来訪を楽しみにしているのは、差し入れが嬉しいという現金な理由もあった。

今でもベリータルトを見つめたままノエルが動かないため、レイクヴィルは笑いを噛み殺している。

「イームズさん、空瓶はいつものところに運んでもよろしいですか？」

「え……、あっ、はい！　そうですね」

ようやく我に返ったノエルは、騎士たちを作業場へ案内した。空瓶の入った木箱を所定の場所まで運んでもらい、注文分の水薬を渡して代金を受け取る。

騎士たちは薬を幌馬車へ詰め込むと、すぐに騎士団へ戻っていった。が、レイクヴィルはたいてい残ってくれる。彼は休憩時間にここへ来ているそうだ。

貴重な休みの時間を潰すことにノエルは恐縮したが、彼は以前、爽やかな笑顔で否定した。

『男くさい待機所で休むより、ここの方が落ち着けるのです』

そう言われて、ノエルは彼を喜んでもてなすようになった。

レイクヴィルはノエルの身元保証人なので、難民のノエルを監督する立場でもある。そのためこうして生活に不自由はないかと、しょっちゅう気にかけてくれた。

義務でそうしているとわかっていても、ノエルは推しの騎士様が自分を案じてくれるたびに、山がある方角へ叫びたくなる。

それはともかく、さっそくベリータルトをいただくことにした。レイクヴィルも甘いものが好きだと知っているため、彼の分も切り分けて、とっておきの紅茶を淹れる。

ガーデンテーブルに運ぶと、彼は制服の上着を脱いでシャツにスラックスという格好になった。騎士が平民の家で休んでいたら目立つだろうと気を使っているらしい。くだけた感じも素敵だ。

この国では、推しにときめく回数が多ければ多いほど寿命が延びると言われている。先代聖女が百歳近くまで生きたことから来ているらしい。自分の寿命もぐんぐん伸びているだろう。

そんなことを考えつつ、ノエルはテラスで推しの正面に腰を下ろす。

切り分けたベリーのタルトは表面がつやつやと輝いていた。

「宝石箱みたいに綺麗……ずっと眺めていたくて、食べたいのにいつまでも食べられないわ」

「じゃあこちらをどうぞ」

レイクヴィルが自分のベリータルトをフォークですくい、ノエルに差し出してきた。

目の前にあるつややかなラズベリーとブラックベリーにノエルは固まってしまう。

「あ、の……」

「はい、あーん」

にこっと邪気のない笑顔を見せてくる。彼がまったく動揺していないため、これは普通のことなのかとノエルは激しく混乱した。

「えっと、自分で、食べますから……」

「まあそうおっしゃらずに。これも異文化交流です」

そこでノエルはハッとした。

――なるほど、これはライズヘルド王国の慣習なのね！

新参者のノエルはこの国のことをあまり知らない。こうして誰かに自分の食べ物を食べさせることは、仲良くなるきっかけなのだろう。郷に入っては郷に従え、との言葉がこの国にはある。その通りではないか。

ドキドキしながらも、ぱくっと彼のフォークからタルトを食べてみる。その途端、甘酸っぱいベリーの味と、なめらかなカスタードクリームと、アーモンドの香ばしい風味が口いっぱいに広がった。

「んっ、おいしいです！」

ライズヘルド王国に来てからおいしいものをたくさん食べてきたが、その中でも上位に入る味だと思う。心にじゅわっと幸福が染みるようだ。

人はおいしいものを食べると幸せになるのだと、この国に来て知ったことの一つだった。

嬉しくてはしゃいでしまい、自分のベリータルトをフォークですくって彼へ差し出す。

「団長様もどうぞ！」

一瞬、ピシッと固まった彼だが、すぐさま爽やかな笑みを浮かべた。

「じゃあ遠慮なく」

彼が目を伏せて唇を開く。自分よりやや大きめの口にフォークが吸い込まれていく。

たったそれだけのことなのに、伏し目にしたときのまつ毛の影に、そこはかとない色っぽさを感じてノエルは落ち着かなかった。

「うん、旨いな」

「そう、ですね……」

彼が赤い舌で唇を舐める。その仕草にも目が離せない。

――これは異文化交流……異文化交流でしかないから……

自分に言い聞かせて波打つ心を鎮めようと紅茶を飲む。淑女のマナーはきっちりと身に着けていたが、平民暮らしでたるんでしまい恥ずかしい。しかしカチャカチャと音を立てているのかもしれない。

内心で慌てていたら常連客がやって来た。

「あら、お邪魔だったかしら？」

「いえいえいえっ、水薬ですね、お待ちください！」

慌てて家の中から薬を持ってくる。お客は代金を支払いつつ、チラッとレイクヴィルを盗み見してノエルに顔を寄せた。

「すっごいイケメンじゃない。彼氏？」

「違います違いますっ。というかイケメンってどういう意味ですか？」

「知らないの？　素敵な美男子のことよ」

先代聖女が使っていた言葉だという。どうりでノエルが知らないはずだ。

「なるほど、確かに……」

「だけど遊び人の第二王子みたいで、かわいそうねぇ」

「第二王子殿下に似てるんですか？」

「顔は知らないけど、第二王子って黒髪に黒い瞳なのよ。聖女様と同じ尊い色なのに中身は最悪でしょ。聖女様も浮かばれないわぁ」

ここでいう聖女はノエルではなく先代のことで、黒髪黒目の色彩を持っていたという。彼女は第二王妃の生家であるペリング侯爵家へ嫁いだので、子孫に黒髪黒目の子どもが生まれやすいとのこと。

言われてみれば、とノエルは思い出す。王都で彼ほどの漆黒の髪と黒い瞳は見たことがない。ブルネットにダークブラウンの瞳という組み合わせなら、そこそこ見るのだが。

――ということは団長様って、第二王妃様の親戚じゃないの？

貴族だろうと思っていたが、とんでもない高位貴族だったようだ。

その常連客は、「お邪魔虫になりたくないからね」とウインクして帰っていった。ノエルはすぐにガーデンテーブルへ戻る。

「お待たせしました」

「いいえ、商売繁盛で何よりです」

微笑んでくれたが、なんとなく先ほどより表情が翳っている気がした。彼の視線は遠くを見ており、その整った横顔が憂いに満ちているようで、ノエルの胸の奥がざわざわする。

「どうかしましたか？」

「……ちょっと、自己嫌悪に陥っていました」

「まあ」

仕事で失敗でもしたのだろうかと心配になる。同時に、常に泰然としている彼でも悩むことがあるのだと、当たり前のことに思い至った。

推しと崇める気持ちが強くて、神のような存在だと勝手に思い込んでいた。でも憂い顔を見ていれば、自分と同様に地上で生きる只人だと気づかされる。

なんとなくレイクヴィルに親近感を覚えたとき、彼の視線がティーカップに落された。

「……私は第二王子派なんです」

「あら」

常連客の囁きが聞こえてしまったようだ。申し訳ありませんと謝れば、彼は首を左右に振る。

「信じられないかもしれませんが、第二王子の悪評は故意に流布（るふ）されたものなのです。でも事情があってわざと放置していたから……今になって正（ただ）さなかったことを後悔しています」

「そうなんですか……」

そういう王家に関わることを、平民、しかも難民の自分にしゃべっていいのかとソワソワする。ただ、彼の初めて見る表情が気になって自分の意見を述べてみた。

「噂は噂でしかありません。真実を表しているとは限らないと知っているので、私は自分が知ったことしか信じませんわ」

なにせ王太子が賢王の器と言われているのだ。噂なんてまったくあてにならない。

「それに私は王族に興味ありませんし、関わることもないので気にしません」

「……そう、ですか」

彼の声にいつもの勢いがなかったため、しまったな、とノエルは臍（ほぞ）を噛む。

騎士団長で第二王子派の彼なら、第二王子の近くに侍（はべ）ることもあるだろう。敬愛する主人を、「興味がない」と突き放されたら人は愉快な気分にならないはず。

——なんでこんな言い方しかできなかったのよ、私……

その後はあまり会話が弾まず、お茶を飲み終えたレイクヴィルは帰っていった。別れを告げた頃にはいつもと同じ明るい表情に戻っていたが、ノエルは鉛（なまり）を飲み込んだような重苦しい気分が続いた。

レイクヴィルが帰ってから、ノエルは己の浅慮を呪っていた。もしかしたら彼はもう来ないかもしれないと。

――推し様に嫌われたらどうしたらいいの……

その日の夜はえぐえぐと涙で枕を濡らしていた。しかし翌日になってレイクヴィルから手紙が届いた。

『次の休みの日に王都観光をしませんか。ぜひ私に案内させてください』

なんとデートの誘いである。ノエルはあまりにも嬉しくて悲鳴を上げてしまい、隣家のエイマーズ夫人にひどく心配されてしまった。……申し訳ありません。

とにもかくにも、すぐさま了承のお返事を送った。その日は喜びのあまりなかなか寝つけなかった。

――推し様とのデート！　いやいや、レイクヴィル団長のお手紙には、私が行ったことのない場所を案内したいって書いてあったから、本当に観光だわ。でも嬉しい！

ノエルは王城を逃げ出してから、安宿と新居がある区画ぐらいしか移動していない。

ライズヘルド王国はこの大陸の中でもっとも栄えているらしいので、その首都を見て回ることは楽しみだった。

そして約束の五日後、お昼前にレイクヴィルが迎えに来た。

私服姿の彼を見てノエルは息を呑む。シャツにウエストコート、ジャケットという姿がとても格好いい。いつも装飾が多い騎士服をかっちりと着込んでいるため、少しくだけた感じが親しみやすくて素敵だった。

その彼はノエルを認めて破顔する。

「いつも可愛いですが、今日はいつにもまして素敵ですね」

「あっ、あ、ありがとう、ございます……」

大家のエイマーズ夫人に本日の服装を相談し、紹介された洋品店で空色のドレスを購入した。白い大きめの襟と、鐘(ベル)のように袖口が広がるデザインが可愛くて。裾(すそ)あたりの白い刺繍が雲を表現しており、夏空を身にまとっている晴れやかな気分になる。

ライズヘルド王国の服は、故国に比べてとても着やすくて着心地がいい。貴族服やドレスならそれほど変わらない豪奢なものだが、庶民服には見たことがないデザインの洗練された服がいっぱいある。これも先代聖女がもたらしたものだという。

ノエルははにかんでレイクヴィルへ頭を下げた。

「今日はお誘いいただき、ありがとうございます」

「こちらこそ。我が国のことをたくさん知っていただき、気に入っていただけると嬉しいです」

爽やかな笑みを浮かべてノエルを馬車へと導き、乗車する際にさりげなくエスコートしてくれる。騎士ならば当然だろうが、相手が推しなので感動で失神しそうだ。女神様、ありがとうございます。

「イームズさんにお見せしたい場所はいくつかありますが、今日一日では回りきれませんので、まずは興味があるところへ行こうと思っています」

ライズヘルド王国で有名な施設といえば、歌劇場や美術館、大聖堂、植物園、図書館などがあるそうで、ノエルは図書館の単語に瞳を輝かせた。国外から蒐集（しゅうしゅう）した書物も多くあるとのことで、ソワソワするのが止められない。

「難民でも本を借りることはできますか？」

「身分証が必要ですが、身元保証人がいれば大丈夫です。では図書館にしましょうか」

「はい！」

本を借りた後で移動はしにくいため、まずは食事をしようと東区へ向かうことになった。

現在地の西区の外郭近くから、王城を挟んで反対側の東区へ行くにはそこそこ時間がかかる。でもノエルは推しが同じ空間にいるだけで胸がときめくから、単調な時間でさえ尊い。窓から外を眺めるのも楽しい。

「団長様、あそこにある豪華な建物ってなんですか？」

「王立歌劇場です。中も豪華ですよ」

貴族が好んで利用する、ライズヘルド王国でもっとも格が高い劇場だという。もちろん見た目だけでなく、音楽をいい音で聴けるよう設計に力を入れているとのこと。

「それはすごいですね！」

「あそこはドレスコードがありますけど、他の劇場は清潔な服装であれば誰でも入場できますよ」

「わっ、素晴らしいです！」

王都に点在する歌劇場では、ほぼ毎日、歌劇が公演されているとも聞いてノエルは感心した。芸術や娯楽に力を入れられるのは国が豊かな証拠だ。

「今度、一緒に行きましょうか」

「嬉しいです！」

推しと過ごす未来の予定がもらえて、どうしようもないほど胸が弾む。また寿命が延びた気がした。

植物園に着くまで、彼の説明を聞きながら整えられた街並みを眺める。公共の建物は装飾が美しく、女神のレリーフがいたるところに彫られて様々な表情を見せてくれた。

市場の近くを通ったときは、圧倒されるほどの熱気にこちらまで興奮するようで。

景色を見て楽しむのは初めてかもしれない。今まで生きるのに精一杯で、そんな余裕はなかったから。

他愛ないことを彼と話しながら揺られていると、やがて植物園に併設しているレストランに到着した。

「素敵ですね……！」

広い庭に四阿がいくつもあり、そこで食事ができるようになっている。周囲には夏の花が咲き誇っており、遠くからハーブの香りがほのかに漂ってくる。ただ座っているだけでも心が躍る場所で、しかも提供される料理は絶品だった。

「このハンバーグという料理、初めて食べましたが柔らかくてソースが濃厚でおいしいです！」

故国では見たことがない食事に舌鼓を打つ。生野菜を食べる習慣もなかったが、瑞々しいあざやかな野菜は美しくて食欲をそそるうえ、様々なドレッシングをかけると味が変わって面白い。

食後のデザートはアイスクリームというお菓子だった。ノエルは口の中でふわっと溶ける冷たい食べ物に感動する。

「冷たいのに柔らかいお菓子なんて初めてです。すごいわ、どうやって作るのかしら」

しかもチョコレートの味がするから嬉しい。ノエルはライズヘルド王国に来て以来、チョコレートが大好物になった。

王城で初めてチョコレート菓子が出されたとき、ノエルはその焦げ茶色の固形物を見て、泥か粘土でも固めたんじゃないかと警戒した。侍女が毒見で口にしたため、おそるおそる齧ってみたら、濃厚な甘みとかすかな苦みとふくよかな香りに圧倒された。

これは言葉で表現できない神の味だと、今でも真剣に思うことがある。

そのチョコレート味のソフトクリームに喜んでいたら、レイクヴィルが「私の抹茶味も食べます?」とスプーンにソフトクリームをすくって差し出してくる。

「えっと、抹茶ってなんですか?」

「お茶の一種ですよ」

……そのわりには紅茶の色をしていないし、ハーブティーでもこれほど濃い緑色を見たことがない。雑草を混ぜたんじゃないかと疑ってしまう。

とはいえ彼が選んだものなら間違いはないはず。勇気を出して、ぱくっとスプーンから緑色のアイスクリームを食べてみた。

「わっ、おいしいです!」

甘さとほろ苦さが絶妙に絡まった深い味だ。お茶といっても紅茶ともハーブティーとも違う不思議な風味がある。

異文化交流として、レイクヴィルへもチョコレートアイスクリームを差し出して食べてもらう。このやり方はいまだに照れるものの、頑張って冷静な笑顔をたもっておいた。

「うん、旨い」

「はい！　何もかもおいしいし、お庭も素敵ですし、連れてきてくださってありがとうございます」

ノエルが嬉しそうに微笑むと、彼もまた柔らかく微笑んだ。

食事後は園内を見学することにした。レストランも素敵だったが、多種多様な植物が茂る庭園は圧巻だ。しかもガラスの壁でできた温室という建物には、南方の暑い国の植物が栽培されていた。食虫植物や茎に針がびっしり生えているサボテンなど、故国でも見たことがないものがいっぱいで楽しかった。

知識を得るたびに好奇心や探究心が満たされて胸が躍る。

植物園を堪能した後は図書館へ向かうことにした。施設に入る際、まずは入館証を作る必要があるという。これがないと中に入れないうえ、本を借りることもできないとのこと。

受付の司書が差し出したのはノエルの入館証だ。偽名の『アビゲイル・イームズ』が記されている。事前に用意していたらしい。

「イームズさん、本は一度に三冊までしか借りられません。そして借りるときは、保証金として一冊につき銅貨一枚を預ける必要があります。保証金は返却時にお返ししますが、もし本を汚したり破った場合は返しませんし、場合によっては弁償することになります」

「大切な本を借りるのですから当然ですね」

利用時の注意事項を頭に入れてから、さっそく図書館の中へ入った。

「わあ、すごい」

書棚が支柱となって高い天井を支える広大な空間が、建物の奥まで続いている。本でできた柱が並ぶ光景はとてつもない迫力で、いったいどれぐらいの蔵書があるのか想像もできない。

さすが活版印刷を発明した国だ。その技術もまた先代聖女がもたらしたというから、本当にすごい。

先代による発明の中には蒸気機関車という乗り物もあって、王都と地方をつないでいる。仕組みはよくわからないが馬車の五倍以上の速さで進むというから、彼女が暮らしていた異世界とやらは神の国なのかもしれない。

「イームズさんはどういった本を見たいのですか？」

「やっぱり薬草や植物の本ですね」

「私もそうじゃないかなって思っていました」

こちらです、とレイクヴィルが本がある書棚まで案内してくれる。

植物系の本が集まる一画は、素晴らしく充実した内容だった。これをすべて借りることができるなんて泣きそうだ。

——この国で勉強し続けたら、夢が叶うかもしれない。

夢中でページをめくっていたら、横から穏やかな声がかけられた。

「イームズさん、座って読みませんか」

ハッとして顔を上げると、レイクヴィルが子どもを見守るような表情でこちらを見ている。ノエルは彼と行動を共にしていることを思い出して猛烈に焦った。

「すみませんっ。読みふけってしまって……！」

「その本が気に入ったのですね。あちらで読みましょう」

彼の視線の先には、座り心地のよさそうなソファがある。ふらふらと近寄りそうになるが、すんでのところで踏みとどまった。それは同行者に失礼だ。

「駄目です。全部読むまで、動かなくなりそうだから……」

「構いませんよ」

「いえ、この本を借りることにします。自宅でゆっくりと読みますね」

「品種改良の学術書ですか。そういえば庭で畑を作っていましたね。新しい品種を作るつもりですか？」

踏み込んだ問いにノエルは答えるべきか迷う。彼は人の気持ちに敏感だと思うので、困っている表情を作れば、「言いたくないんだな」と察してくれるだろう。

でもこれだけ尽くしてくれる人に対して、曖昧な態度は取りたくないと思った。

「……私、新しい植物を生み出したいという夢があるんです。その……聖女様の癒しの魔力って素晴らしいじゃないですか。ああいう力を持った植物があれば、遠くの地でも治癒の効力を受けられるかなって、思って……」

レイクヴィルがものすごく驚いた顔になっている。大言壮語を吐いたとでも思っているだろう。羞恥でノエルは視線を床に落とした。

魔力を帯びた植物を生み出すのは、己の夢というか悲願でもある。自分が作っている水薬や軟膏は癒しの魔力を込めているため、効果は抜群ではあるものの〝薬〟としては紛い物だ。自分が死んだら同じものは誰も作れない。

だから治癒の効力がある薬草を生み出したかった。

植物そのものに癒しの魔力があれば、それを食べたり煎じたりすることで、自分の水薬と同じ効力を得られるようになるかもしれない。まったく同じとはいかなくても、普通の薬より強い効力があるかもしれない。

そうすれば自分が助けられない人々にも、救いの手を差し伸べることができる。

「……それは、素晴らしいことです」

やや呆然とした口調でレイクヴィルが呟いた。ノエルが床に落としていた視線を彼へ向けると、彼はこちらを見ていながら誰も見ていない表情をしている。

どうしたのだろうと思ったが、自分の夢想ともいえる考えを否定されたり馬鹿にされなかったため、嬉しくて小さく微笑んだ。

胸の内にある罪悪感が癒されるようで。

水薬は王都の中でも一部の人々にしか渡せない。ライズヘルド王国の端まで行き渡ることは永遠にないだろう。限られた一部の人間だけに神と等しい力を分けて、それで女神は喜ぶのかとずっと悩んでいた。

罪の意識を感じていた。

もちろんノエルだって、この世のすべての人間を救えるとは思っていない。でも可能性は人の力でも生み出せるはず。いっぱい勉強して、この力をライズヘルド王国に行き渡らせたい。

「……あなたの夢が叶ったら本当にすごいことです。私にできることがあればいくらでも協力します」

「こうして図書館に入ることができたから、すでに協力してもらっていますよ」

難民の自分では図書館に足を踏み入れることさえできなかった。レイクヴィルには感謝してもしきれない。

——魔力や魔法の影響を受けやすい品種があれば、癒しの魔力を植物の命の設計図に組み込めるかもしれない。

瘴気が獣に取りついて魔獣になるなら、魔力によって魔法植物を作ることもできるのではと考えていた。たくさんの本で植物を学べば、何か糸口がつかめるかもしれない。

ノエルは本を借りる手続きをして、レイクヴィルと共に図書館を出ることにした。すると正面入り口前の広場で、子どもたちが芝生に座り込み、中年男性の話を聞きながら絵を眺めている。

「レイクヴィル団長、あれはなんですか？」

「ああ、紙芝居というんです。演じ手が物語を読みながら場面ごとの絵を見せるのです」

「へぇ……」

故郷にはなかった娯楽に、興味を持ったノエルは近づいていく。紙芝居とやらを聞いてみると、それは先代聖女の物語だった。

『――だから聖女様は言いました。私と一緒に魔獣を倒しましょうと！　でも王子様は、お城から離れることはできないと断ってしまうのです。なんということでしょう！』

えっ、それ言っちゃってもいいの？　とノエルはものすごく驚いた。

先代聖女は、魔獣の王を倒すために召喚されたと聞いている。魔獣の王を討伐する騎士隊に加わり、仲間を治癒する使命を背負っていたと。

その際、まだ魔力が多かった王族に、戦力として討伐の同行を求めたが断られたという。

当時は四人もの王子がいたそうなので、第三、第四王子なら討伐に加わることもできたはず。それを拒否するなど、怖気(おじけ)づいたと言われてもおかしくない。

この話は王城での王妃教育の際、歴史の授業で習っていた。でも王家の醜聞なので秘密だと思っていたら、民衆にまで広まっているとは。

隣にいるレイクヴィルへおそるおそる尋ねてみる。

「王子殿下が討伐を断ったって、公にしない方がいいんじゃないですか？」

「王子が魔獣の王を恐れて逃げたことは本当ですからね。聖女が旅をしながらあらゆるところで広めたため、王家も隠蔽しきれなかったのですよ」

「そっ、そうなんですか。この国はいろいろと寛容なんですね」

――王族に喧嘩を売る聖女……鋼の心臓を持っていたのかしら。さすが異世界人。故国で王家の醜聞を広めたりしたら、聖女でも幽閉される。そして一族郎党が処刑されるだろう。

この国は故郷よりずっと自由なのだと実感した。何よりご飯がおいしい。

「……いい国ですね、ここ」

王太子はアレだが、国自体はとても豊かで魅力的だ。街の人たちの顔も明るい。どうかこのまま繁栄を極めてほしい。

ノエルは笑顔でレイクヴィルを見上げる。

「私、この国が好きです」

彼がノエルの笑顔をまぶしそうに見つめた。

「……あなたが気に入ってくれて、私も嬉しいです」

戸惑ったような口調で呟き、視線を紙芝居へと向ける、ノエルも初めて見る紙芝居を楽しんでいたら、ふと気になる流れになった。

『――狼藉者が耳飾りを外すと、なんと悪い魔獣に変身したのです！　耳飾りには人間に化ける魔法が閉じ込められていたのでした』

そういえば、とレイクヴィルの耳を横目で見上げる。そこにはやはり赤い石のピアスがあった。思わずまじまじと見つめてしまったら、彼がこちらへ顔を向ける。

「どうしました？」

「あ、え、その……団長様は、ピアスがお好きなんですか？」

彼は、ああ、と呟いて自身の耳たぶに触れる。そこから何かを考え込むような表情になり、不意にノエルと目を合わせると悪戯っぽく微笑んだ。

彼の長い人差し指が、形のいい唇に当てられる。

「――秘密」

このときの表情を、なんて表現すればいいんだろう。

いつもの太陽みたいな明るい青年の笑顔ではなくて、男の色香を滲ませる妖しい表情だった。爽やかなイケメンに擬態していたのに、油断して腹黒さをちょこっとだけ覗かせたようで。

初めて彼の違う顔を見たと思った。恐いような嬉しいような気持ちが湧き上がってドキドキする。彼に見入って、彼以外のことが己の意識から抜けて、音が聞こえなくなっていく。まるで無音の世界で、彼の美しい顔を見つめているみたい……

我に返るまで、ずっと動けなかった。

◇

ブレイス王国の王太子執務室へ、内務大臣が飛び込んできた。

「ローランド殿下！　召喚先がわかりました！　ライズヘルド王国です！」

「らいず……どこだそれは？」

「我が国とは別の大陸にある、はるか遠くの国になります」

世界地図を広げたローランドは秀麗な顔を歪ませる。

「これだけ離れていると、転移魔法で一気に飛ぶことは難しいな」

「はい。船で向かう必要があります」

「我が国も召喚魔法を使って彼女を呼び戻せないのか？」

「……残念ながら、あのような大魔法は我が国にありません」

ライズヘルド王国が使った召喚魔法を解析しているが、魔法式に古語が使われているため膨大な時間がかかるとのこと。

舌打ちをしたローランドは腕組みをして唸る。

「召喚魔法を解析するのと、船で取り戻しに行くのとでは、どちらが早い」

「おそらく後者かと。解析には数年かかります」

迷っている時間も惜しいと判断したローランドは、すぐさま艦隊の編成を命じた。

ノエルがレイクヴィルと王都デート、いや王都観光をしてから一ヶ月がたった。その間、彼とは再び王都を見て回ったり、初めて王都を出てピクニックを兼ねた遠駆けもしている。彼と会わないときは、辻馬車を使って図書館へ行くようになった。

そして勉強するうちに、夢を叶えるためには植物について学ぶだけではなく、魔法関連も勉強しないといけないことに気がついた。

魔獣が〝瘴気と獣〟によって生まれるなら、魔法植物も〝魔力と植物〟によって作れるのではとノエルは考えた。ならば魔力を取り込みやすい植物を研究するだけでなく、植物に影響しやすい魔法も学ばなければ。

魔力持ちが生まれにくくなった現在でも、かつての魔術師たちが書き記した書物はきちんと保管されている。驚いたことに一般庶民も閲覧可能だ。

おかげでノエルは貪るように本を読み、考えた。もともと勉強が好きなのもあって、新しい知識を得ることは幸福だった。

……しかし集中力が切れると、どうしてもレイクヴィルのことを思い出してしまう。彼と過ごす時間が増えたこともあるし、図書館は彼に連れてきてもらった施設だから。

本の内容が頭に入らなくなったと気づいたノエルは、いったん学習を切り上げて窓の外へ視線を向ける。曇り空の今日はそれほど気温が高くないのもあって、広場には様々な人が休んでいた。紙芝居も上演中だ。

声は聞こえないものの演じ手をぼんやり眺めていたら、不意に『秘密』と告げたレイクヴィルの表情が脳裏に浮かび上がってくる。……顔面が熱くなってくるのを感じて、思わず両手で顔を隠した。

あれからというもの、あの記憶を反芻(はんすう)しては何度もときめいて心が切なくなっている。人差し指を立てて赤い唇に触れる仕草が忘れられなくて、いまだに心が囚われたままだった。

——また寿命が延びたわ……素敵……。

同時に、彼が内包する、今までノエルに見せなかった内面を垣間見た気がした。自分に見せている表情や態度が彼のすべてではないと、気づくものがあった。

——まあ当たり前よね。貴族様だと思うから、優しいばかりじゃないんだろうし。普段はどういう感じなのかしら。怒ったりもするわよね。……恋人は、いるのかしら。まあ、あれぐらいの歳の男性ならいるわよね。貴族様なら婚約者が決められていると思うし。

毎日、彼のことばかり考えては思考の渦に飲み込まれている。そして彼が次に来る日を指折り数えて待ち続け、やって来る日は朝から落ち着きなく過ごしてしまう。

帰ってしまったら早く会いたいと願い、最近では夢にまで登場した。日常生活のすべてが彼に支配されているようだ。

ここまで来ると自覚せざるを得ない。好きになってしまったと。

――私の馬鹿……なんで気づいちゃったのよ……

推しと崇めていたときは、こんな感情に振り回されることはなかった。推しは偶像を相手にしている感覚だったので、どれだけときめいても恋愛感情にはならなかった。

第一、レイクヴィルは身元保証人として見守ってくれているだけだ。身分証さえ持たない難民なんて、貴族様に相手にされることはない。好意を抱くことさえ不遜なふるまいだ。

……ちゃんとわきまえていたのに、どうして好きになってしまったんだろう。しかも諦めた方がいいとわかっていながら、『女神様の奇跡が起きて、私に振り向いてくれないかしら?』と図々しいことを考えていたりする。

恋心というものは見苦しくてやっかいだ。偶像として推しているだけなら、毎日を楽しく過ごせたのに、今は心が苦しくて彼に会いたくてつらい。騎士団の待機所へフラフラと近づきそうで怖い。

――私、団長様のお名前さえ知らないのに……ペリング侯爵家のご子息だと思うから、レイクヴィルは侯爵位を継ぐ前に名乗っている爵位名かしら。

ライズヘルド王国の貴族社会において、ペリング侯爵家は上位から数えた方が早い大貴族だ。まさしく雲の上の人である。

第二王妃の生家で、彼女の兄がペリング侯爵位を継いでいる。嫡男が生まれているだろうから、レイクヴィルはその人ではないか。

このときノエルはあることに思い至った。図書館には貴族名鑑があるので、彼の正体がわかると。

――いやいや、調べてどうするのよ。彼の身分や名前を知っても、私たちの関係は何も変わらないわ。

でも好きな人のことを少しでも知りたいとの欲望に勝てなかった。せめて彼の名前ぐらい知りたいと。

聞けば教えてくれるだろうが、ずっと「レイクヴィル団長」とか「団長様」と呼んでいたため、今さら変えると不審に思われそうだし、この関係を少しでも壊したくなかった。

ノエルは受付の司書から貴族名鑑のある場所を聞き、書棚から分厚くて装丁の立派な本を引き抜く。閲覧者用の机に移動して調べることにした。

家名はアルファベット順に記してあるので、Ｐのページでペリング侯爵家の項目を探していく。レイクヴィルの容姿を思い浮かべれば、年齢は二十代半ばだろうと思った。そのくらいの嫡男がいるはずで――

「あら？」

思わず声を漏らしてしまう。当代のペリング侯爵には確かに嫡男はいるものの、すでに三十六歳で既婚者だった。彼には男児が生まれているが、まだ十一歳。

――どういうこと？　あ、もしかして分家の生まれになるのかしら。

今度は先代聖女が載っていると思われる古い貴族名鑑を、書棚から慎重に取り出した。王国暦四百九年に、当時のペリング侯爵令息と結婚した〝カオルコ・ハシモト〟の記録が記されている。……変わった響きの名前だ。これが異世界風の名前なのかもしれない。

彼女は男児を三人産んでおり、次男が分家を創設し、三男が他家へ婿に行っていた。彼らの子孫が黒髪黒目のはず。

しかし枝分かれした家系をたどっても、二十代半ばの青年は誰もいなかった。十代前半の少年や、四十代以上の中年男性ならそこそこいるのだが。

レイクヴィルはペリング一族と関係ないのだろうか。

そう思ったとき、王都にはもう一人、黒髪黒目の男性がいることを思い出した。

『――遊び人の第二王子みたいで、かわいそうねぇ』

まさか、と思いながら慌てて立ち上がり、書棚から王家の系譜（けいふ）が記された本を取り出す。

もっとも新しい記録を調べて息を呑んだ。

現国王の第二子で第二王子、サイラス・ライズヘルドは、王国暦六百十五年の九月生まれと記されていた。

――今は二十四歳、もうすぐ二十五歳……いやいや、まさかね。

頭に浮かんだ想像を首を振って打ち消した。この国に二人しかいない王位継承権保持者が、安全な城から離れて騎士団に入るなど故国ではありえない。

とはいえ王家の慣習は国によって大きく異なるため、王太子ではない王子が騎士になるのは、この国では普通のことかもしれない。

彼が第二王子なら、あの若さで騎士団長になったのも納得できる。騎士団のトップは政治家でもあるから、公務の一環として任命されることもあるだろう。本人も第二王子派だと告げていた。……派閥の旗頭そのものであるが、まあ嘘は言っていない。

――けど、全部私の憶測だわ。もしかしたら偶然、黒髪黒目を持つ高位貴族なのかもしれないし。

モヤモヤとしながら、王家の系譜に記される第二王子の名前をなぞる。

もし彼が王子だとしたら、自分たちは貴族と難民どころか、王族と難民。階級社会における頂点と底辺。その差は未来永劫、埋まることなどない。

しかも自分はお尋ね者の聖女だ。彼が正体を知ったら城へ連れ戻すだろう。……考えれば考えるほど胃が痛くなってくる。

残酷な現実を直視したくなくて、もう帰ろうと本を片づけることにした。魔法書の貸し出し手続きをして図書館を出ると、広場のベンチに腰を下ろして大きく息を漏らす。

「――聞いた？　第二王子の話」

ノエルの心臓が大きく跳ね上がった。手に持った本を落としそうになり、アワアワと動揺しつつ胸に抱き締める。尻目で隣のベンチを見ると、五十代ぐらいの女性二人がおしゃべりに興じていた。

「聞いた聞いた。鉄道のレールをワイラー工業地帯まで延ばすって計画でしょ。やっと議会で承認されたとか」

「第二王子の働きによるものだそうだけど、本当かしら？」

「本当らしいわよ。あたしも王太子様の手柄じゃないのって思ったけど、お城に出入りしてる商人が言うには、確かに第二王子が調整したって話らしいわよ」

「へえー。とうとう真面目になったのかしらねぇ」

「今さらって感じがするけど、王様や王太子様は喜んでいるんじゃない？」

「そうね。これで手紙が早く届くから助かるわぁ」

ノエルは彼女たちへ向けていた視線をそっと戻した。

最近になって、似たような噂を聞くことが少なくない。第二王子が〝遊んでばかりの放蕩王子〟との評判を塗り替える勢いで、真面目に公務に取り組み国のために働いていると。
レイクヴィルは以前、第二王子の悪評は故意に流布されたと告げた。でも事情があって
わざと放置していると。つまりそれを正すようになったのだろう。
彼はあのとき、自己嫌悪に陥ったとも言っていた。それで方針転換したのだろうか。
――でも私、あのとき王族に興味ありませんって言っちゃったのよね。
王子である彼へ、あなたなど興味はないと言い放ったようなものだ。胸がしくしくと痛
んで泣けてくる。
――いやいや、まだ団長様が第二王子殿下だって決まったわけじゃないし……
そう自分に言い聞かせながらも、過去に時間を巻き戻す魔法がないか調べようと落ち込
んだ。

帰宅してしばらくすると、レイクヴィルからの郵便物が届いた。ドキドキしながら封筒
を開けてみれば、今日の夕方以降、ドレスを届けにここへ来るとのこと。
ノエルは初めての王都観光で、王立歌劇場の豪奢な建造物に見惚れた。そのとき彼は、
『今度、一緒に行きましょうか』と誘ってくれた。けれどそれは、平民でも入りやすい歌
劇場へ行くのだとノエルは思い込んでいた。
でも数日前、レイクヴィルから渡されたチケットには王立歌劇場と記されていたため、

腰が抜けそうなほど驚いた。しかも席は二階中央寄りのボックス席。とんでもない金額だとノエルでもわかるうえ、王族専用席の隣ではないか。

『むっ、無理です……もし王家の方々とかち合ったら、難民の私を連れている団長様がなんて言われるか……』

『それなら大丈夫です。この日は王族が来ることはないと劇場に確認しました』

『でも……私は格に見合った服装を持っていないから……』

『もちろんドレス一式を贈らせてください。今のあなたはとても可愛らしいが、私の手でさらに美しく装ってもらいたい』

そう言いながらスッとノエルの右手をすくい上げ、手の甲に唇を落とした。しかもキスをしたまま上目遣いで射貫いてくるから、悲鳴を上げるかと思った。

――なんで口づけるんですか⁉

と、叫びたかったが硬直して声が出ない。

レイクヴィルが唇を肌につけたまま、『駄目？』とおねだりするみたいに囁くから、本気で失神するかと思ったものだ。

震える手をそっと引き抜き、背中に隠した。

『……いただく理由が、ありませんから……』

『そうですか、残念です。他に誘いたい人もいないので、このチケットは捨てますね』

彼がしょんぼりと肩を落としてチケットを破ろうとしたため、ノエルは反射的に叫んでしまった。

『あっ、急に行きたくなってきました！　やっぱり行きます！』

ノエルが前言撤回した途端、彼がパァッとまぶしいほどの笑顔になった。

『ありがとうございます！　では採寸はエイマーズ夫人に頼みますね』

ニコニコと微笑む嬉しそうな顔を見て、ノエルは内心で、『あれ？　騙された？』と混乱した。でも本音では推しから……いや、好きな人からの誘いがすごく嬉しかった。

その彼が今夜やって来る。

ノエルはレイクヴィルと会えることに高揚して、思わず手紙を抱き締めた。同時に、彼の正体は王子殿下ではないかと疑って落ち込んでしまう。

……悶々としながら家事を片づけていたら、夕方になってレイクヴィルが馬車でやって来た。大きめの箱がいくつか運び込まれる。

ノエルが礼を述べつつ箱を開けてみると、ドレスと同色の靴まであった。

ドレスの生地は淡いピンク色で、この国ではサクラ色と呼ばれるらしい。とても儚げで優しい色は、見ていると心が癒される不思議な色彩だと感じた。

しかもデザインは派手ではなく、決して地味ではない上品なものだ……すごく好きかもしれない。

「すごいですね、このドレス……」

極上のシルクを使ったと手触りでわかる。ノエルは故国の王宮で、王太子妃が着る最高級のドレスを管理していたが、あの手触りと比べたらこちらの生地の方が格段に上等だ。

総額でいくらになるか想像もできない。高位貴族なら気にもならない金額だろうが、おそらくこのドレスだけで平民が半年ぐらい暮らせるのではないか。

ノエルはぐっと唇を引き結んだ。

嬉しいと思う。好きな人から、これほど素敵なドレスをいただくなんて光栄だ。心臓がうるさいほどドキドキしている。

その反面、ひどく冷静なもう一人の自分が、浮かれている自分に忠告するのだ。相手との身分差を忘れちゃ駄目よ、と。

彼が王子でなくても、上流階級に生きる人なのは間違いない。難民の自分は、彼が身元保証人を辞めたら声をかけることさえ畏(おそ)れ多い。

これほど素晴らしいドレスで、しかも好きな人から贈られて天にも昇る気持ちなのに、心から喜べない。その矛盾が哀しかった。

「……気に入りませんか？」

ノエルがドレスを持ったまま固まってしまったため、レイクヴィルがうろたえる声を漏らした。

ノエルは慌てて首を左右に振る。

「いっ、いいえ！　違うんです」

「すみません、あなたの好みを知らなかったので、似合いそうなものを私が勝手に選んでしまって……」

悲しそうに顔を伏せるから、ノエルまでオロオロしてしまう。

「ありがとうございます、嬉しいです。その、高そうだなって考えると、申し訳なく思って……」

「ああ、それならたいした買い物ではないので気にせずとも……いや、こういう言い方はいけませんね。これはお礼の品と思ってください」

「お礼？」

「はい。図書館であなたはおっしゃいましたよね。癒しの魔力を持った植物を生み出したいと。その清らかな想いに私は目が覚めたんです」

「はあ……」

清らかな想いとはまた大げさな。そして何に目が覚めたのだろう。話しながら寝ていたのだろうか。

「私はあのとき思ったんです。ひれ伏すなら、あなたがいいと」

「……は？」

ぽかんと口を半開きにしてノエルは固まってしまう。

――ひれ伏す……地面にべちゃって伏せることよね？　確かご近所のご婦人が、浮気した旦那さんをドゲザさせたとか言ってたけど、そのことよね？　つまりドゲザしたいってこと？　それともライズヘルド流の意味があるの？

脳内で疑問符を浮かべていたら、いきなり彼が両手でこちらの右手を握ってくる。男性の大きな手のひらがノエルのほっそりした手を包み、指先で手の甲をくすぐってきた。

先日、そこにキスされたことを思い出して、ノエルの顔が一瞬で真っ赤に染まる。

「だからこのドレスは、そのお礼です」

「そっ、そうなんですか……私、家族以外の男の人に、ドレスを贈ってもらったことはなくて、驚きました……」

王城にいた頃、王太子から聖女へドレスや宝飾品は贈られた。しかし品物を選んだのは離宮の女官長で、お金も王太子が出したのではなく、聖女用に急きょ捻出された予算を使ったと後から知ったのだ。せこい。

だから本当の意味で異性からのプレゼントは、ノエルにとってこれが初めてになる。

そんなことを考えつつ、手の甲で感じる刺激を意識しないようにしていたら、彼が麗しい顔を近づけてきた。

「あなたを彩る最初の男が私で嬉しい」

「はぅ……っ」

顔がいい。まぶしい。素敵。

「次は私の色に染めてもいいですか？　あなたならブラックドレスがとても似合うでしょう。ぜひ贈らせてください」

なんのために？　とは頭の中で思っていても口にできなかった。

手を握る力が強くなって、まるで逃がさないと言われているようで、魚のように口をパクパクと開閉することしかできない。

それでも彼が黒い瞳に期待を浮かべているから、混乱しつつもコクコクと頷いた。すると嬉しそうに微笑む彼がやんわりと抱き締めてくる。

——うあああああああああああっ！

されるがままのノエルは、喉の奥で声にならない悲鳴を上げた。

「あなたが私を否定しないから、うぬぼれて……傲慢な男になりそうです。あなたは男を駄目にする女性ですね」

私が悪いの？　との疑問も口に出すことができなかった。初めて異性に抱き締められる混乱と、大人の男の甘い香りを吸い込んで、脳がクラクラして。

このとき額に柔らかな感触の唇が触れた。熱くてかすれた吐息も降ってきたため、胸が高鳴りすぎて痛みを覚えるほどで。

初めてだらけのことに目を回していると、彼が背を屈めて唇を耳元に近づけてくる。

「暗くなってから男を家の中に入れるなんて、あなたが無防備すぎて心配です。少しは警戒してください」

……あなたがこの時刻に来るって手紙で知らせたから。との文句も、硬直する体は発してくれなかった。いきなり抱き締められて額にキスをされて色っぽく囁かれて、ノエルは彼の変貌が理解できなくて倒れそうだ。

しばらくしてレイクヴィルは体を起こし、ノエルの真っ赤になった頬を指先で撫でると妖しく微笑んだ。……それは初めて図書館で見せた、『秘密』と笑ったときと同じ表情で。

爽やかイケメンの皮がペロッとめくれている。

「三日後、お迎えに上がりますね」

頷くだけで精一杯なノエルは、見送ることもできずに立ちつくし、やがてその場にへたり込んだ。

第二話

そして三日後、歌劇鑑賞の日になった。ハンガーに吊るされたサクラ色のドレスを前にしてノエルは気合いを入れる。自分には分不相応な誘いだが、彼の隣に立つからには手抜きなどできない。

さっそくドレスを手に取り、背面にあるファスナーという金具を下げる。

――これ本当に便利よね、一人でもドレスが着られるし。先代聖女様が考案したそうだけど、異世界には私たちが知らない知識がいっぱいあるんだわ。

感心しながら着替え、髪をきっちり結い上げてからボンネットをかぶる。髪はそれほど伸びていないものの、顔周りの髪の毛だけ残してボンネットをかぶれば気にならない。

故国でもライズヘルド王国でも、女性は髪を長く伸ばすのが一般的だ。平民なら短い髪の女性も多いが、貴婦人はすべての人が長く伸ばした豊かな髪を誇っている。

ノエルは王城から逃げ出す際、正体を隠すために肩までの長さに切ってしまった。今まで特に気にしていなかったが、ドレスを着ると髪の短さが悪目立ちする。そこでボンネットをかぶることにしたのだ。

鏡に映る自分は、いつもよりは美しい令嬢に見えるような気がする。

よし！　と拳を握り締めた。

すべての身支度を終えたとき、約束の時間の直前になっていた。ノエルは落ち着かない様子で、椅子に座ったり立ったりを繰り返す。

ドレスに皺がつかないよう何度もチェックしていると、先日、レイクヴィルがこのドレスを届けに来たときのことを思い出した。

――団長様、なんで抱き締めたんだろう……あれってもしかしたら、私のことが好きって意味なのかな……いやいや、うぬぼれちゃ駄目。貴族様が最下層の難民を相手にするなんてありえないんだから……じゃあ遊ばれているのかな……

貴族男性の中には、無知な平民の小娘と疑似恋愛を楽しむという、趣味の悪い遊びを好む者がいる。平民娘に身も心も依存させて意のままに操り、支配欲や征服欲を気持ちよく満たすのだ。

貴族令嬢を相手にすると社交界で問題になりやすいため、力のない善良な平民娘が毒牙にかかりやすい。泣き寝入りする女性たちを、ノエルは故国で何人も見てきた。

ライズヘルド王国で被害者を見たことはないが、階級社会ならば被支配者層を同じ人間と見なさない者が一定数いるだろう。悪趣味な遊びは絶対に存在するはず。

――でも、騙される女の子の気持ちがわかる。

好きになってしまえば、相手のいい面しか見えなくなる。悪い面を見ても、「何か理由があってそうしてるんじゃないの？」と相手を庇おうとしてしまう。自分だって、「レイクヴィル団長は平民女性をもてあそぶような人じゃない」と無意識に考えている。

――恋って恐ろしいわ。決して実らない想いだとわかっているのに、この気持ちを捨てることができないんだから。

己の愚かさにうなだれたとき、ノッカーが鳴り響いた。瞬時に重苦しい気分が吹っ飛んで、ノエルの表情がパァッと明るくなる。

はやる気持ちを抑え込んで玄関ドアを開けた。

「グゥ……ッ」

ノエルの喉奥から、カエルが潰れたような変な声が漏れた。いつもよりイケメン度合いが素晴らしいレイクヴィルに、精神的な衝撃を受けて。

「こんばんは、イームズさん」

「……はい、こんばんは……」

団服もスーツも格好よかったが、貴族服は正統派美男子の迫力がすごくて目が潰れそうだ。サラサラの黒髪をまとめて額を出しているのも素敵だった。

丈の長い黒いジャケットに銀糸が縫われているから、夜の闇をまとった魔王みたいなのに、まぶしくて直視することさえ罪深い。鼻血が出そうな気分だ。

己の鼻を押さえようとしたら、その手をレイクヴィルが両手で包み、やや前のめりになった。

「予想通りサクラ色がよく似合っています。とても美しい。抱き締めたらサクラの花のように散ってしまいそうな儚さがありますね」

「だっ、抱き締めなければ、いいのでは……」

「でもこれほど美しいサクラの妖精を前にしたら、男は誰もがのぼせて我を忘れるでしょう。私も血迷ってしまいそうです」

血迷ったらどうなるんだろう。と思いながら視線を彼の背後へ向けた。

「あの、行かないんですか……？」

「……今夜はこのまま、あなたを攫ってしまいたくなりました」

「え⁉」

「あなたの美しさに見惚れて我が屋敷に攫ってしまいそうだ。危うく私は誘拐犯になるところだった」

物騒なセリフだが、彼の屋敷とやらに行ってみたいなと少し期待してしまう。

――貴族様なのか王子殿下なのかわかるじゃない。行き先が王城だったら途中で逃げればいいし。

「ご自宅に行くぐらい、私は構いませんが」

「えっ」

「私が団長様についていく意思があれば、誘拐にはなりませんし」

彼がまじまじとこちらを凝視してくる。数秒後、生暖かい眼差しになった。

「なんとなくわかりました。あなたは鈍いんですね」

「えっ、乗馬や狩りは得意ですよ」

確かにトロくさいところもあるが、言われるほど鈍い動きはしない。

しかし彼はますます生暖かい目を向けてきた。解せない。


今日は開演が遅めの時刻になるそうで、先に食事をしてから歌劇場へ向かうという。

レイクヴィルにエスコートされて乗り込んだ馬車がゆっくり走り出すと、彼は座席にある小さな箱をノエルに差し出した。

「ドレスを贈るときに間に合わなかったのですが、やっと今日完成したので身に着けてください」

「なんですか?」

悪戯っぽく微笑む彼が、「開けてみてください」と告げるので、ノエルはおそるおそる蓋を開いてみる。

小さな深紅の丸い宝石がいくつも連なった、美しいネックレスだった。石はルビーかと思ったが、透明感が異なるので違うものだろう。でもこれほど濃い赤色の宝石など見たことがない。

「この赤い石って……」

「珊瑚と言います。海で採れる宝石で、正確には石でなく生物の一種です」

「生き物なんですか!?　えっ、じゃあこれって血の塊とか？」

「ははは、血ではありませんよ。骨というのが一番しっくりきますね」

「骨……こんなに綺麗なのに、骨……」

故国で珊瑚を見たことはないため、どのような生き物なのかイメージできなかった。

レイクヴィルによると、ライズヘルド王国は海洋国家なので海の資源が豊富だという。

「すごいわ。こんなに綺麗な宝石は故郷でも見たことがない……」

「珊瑚は生息海域が決まっているので、イームズさんの国にいなかったのでしょう」

へえぇ、とノエルは感嘆の声を漏らす。

ネックレスは宝石の大きさと形と色が完璧にそろっており、加工も素晴らしい。この国は魔法が消えかかっているかわりに、様々な技術が発達していると感心した。

ノエルがまじまじと宝石を見つめていたら、正面に座っていた彼が隣に移動してくる。

「鏡がないので、ネックレスは私がつけますね」

「あの、そうじゃなくて、受け取れません……」

「この珊瑚、私のピアスとおそろいなんです。一緒に出かけるからには、おそろいの宝石を身に着けておかないと」

「えっ」

そんな決まりがあるのかと何度目か驚く。これも異文化交流の一つなのだろうか。

だがそこでハッとする。

「じゃあ珊瑚って魔核と同じ作用があるんですね」

レイクヴィルが、何を言われたのか理解できないといった表情になった。

「魔核？　なぜ？」

「だって団長様のピアスって、魔道具ですよね」

告げた途端に彼が真顔になった。その表情で、ノエルは己の失言に気づいてうろたえる。

魔道具だと見破れる者は魔力持ちだ。自分は今、この国で希少な魔力持ちであることを告白したことになる。

国に仕える彼が自分をどう扱うのか予想できず、焦りまくる。

――魔力持ちは大半が王城に集まっているそうだから、私も……

最悪の想像をして真っ青になった。が、すぐにレイクヴィルが不自然なほどいい笑顔を見せる。

「今のは聞かなかったことにします」

彼が両手の指先をそっとノエルの頰に添え、さらに親指で唇の際（きわ）をなぞってくる。

口紅が取れないギリギリのラインを攻める手つきに、ノエルの心拍数がものすごい速さになった。

「人は油断すると思いがけない言動をしてしまいます。常に冷静に、周りの状況をよく見て、自分の身を守る判断をしましょう。――いいですね？」

「は、い……」

反射的に返事をしたものの、自分の肌に触れる彼の指の感触に意識が持っていかれて、ほとんど頭に入ってこなかった。触れられる部分がやたらと熱く、相手は手袋をしているのに体温が移ってくる気がして。

じわじわと赤くなるノエルを見つめるレイクヴィルが、フッと小さく微笑んだ。

彼は断りもなくノエルのボンネットを外してしまう。

「何、を……」

「動かないで」

目を合わせながら、レイクヴィルが自身の手袋をゆっくりと外す。たったそれだけの動作が、ひどく艶めかしくて体温が上昇するようだった。

彼の素手が、ノエルの手にある小箱からコーラルネックレスを持ち上げる。

覆いかぶさるように美しい顔が近づいてきた。ノエルは思わずギュッと両目をきつく閉じる。

額の辺りで彼の吐息を感じたとき、抱き締められたときとは違う、官能を帯びた甘くて刺激的な香りを嗅いでドキドキした。彼によく似合う大人の男の香りだ。

レイクヴィルがネックレスをつける際、指先が首筋に触れた。手袋越しとはまったく違う感覚に、ノエルは初めて首筋が敏感な箇所だと身をもって知る。くすぐったさとは違う、じぃんと心が痺れるような感覚が広がった。

わずかな肌と肌との触れ合いなのに、下腹の奥が甘く痺れてノエルは未知の感覚にうろたえる。その痺れは疼きと似ていて、下腹の奥からすべり下りて脚の付け根を震わせるから、とてもイケナイことをしている背徳感に体が震えた。

「――よく似合っていますよ」

吐息混じりの色っぽい声が、耳のすぐそばから吹き込まれる。目をつぶっていても彼のサラサラな髪を顔で感じるため、身じろぎしたらぶつかりそうなほど近いとわかって、呼吸が止まりそうになる。

「私と、おそろいですね」

今の彼は、魔王のように妖しく笑っている。見えなくてもわかる。

ノエルは目を閉じたまま頑張って口を開いた。

「おっ、おそろい、だと、何か、あるんですかっ？」

「同じ宝石のアクセサリーを身に着けることは、互いがパートナーであると示しているんです。つまり、恋人同士だと」

「えっ!?」

驚きすぎて目を開けてしまった。間近にレイクヴィルの黒い瞳があって視線が絡み合う。出会ったときから見る優しい青年はそこにいなかった。影を滲ませる、妖しげな美しい男性が自分を射貫いている。爽やかさなんてどこにも見当たらなくて、お腹が空いたオオカミを脳裏に思い浮かべるほどだ。

黒い瞳に魂が吸い取られそうになる。それか眼差しという名の糸で、心を雁字搦めにされるよう。瞳を見続けては駄目と思うのに、自分から目を逸らせない。

彼が両腕を伸ばして、こちらを囲うように馬車の壁に手を突いた。

「これはお守りですよ。宝石を贈ってくれる相手がいると示し、悪い男に引っかからないようにと」

「あ、ああ、なるほど……」

そういうことかと納得する。このネックレスは、恋人がいるから粉をかけるな、との牽制の意味があるらしい。

自分に声をかける男性がいるとは思えないけれど、意味がわかってホッとした。同時に少し肩の力が抜けて、ようやく視線をずらすことができた。

「ありがとうございます。えっと、帰ったら、お返ししますね……」

目を逸らしても、広い視野の端に彼がいることはわかる。それだけ近いうえ、彼の腕に囚われたかのようで、視線が泳いで定まらない。

どのくらいの間、この体勢でいたのか。

破裂しそうな心臓をドレスの上から手で押さえていると、やがて静かにレイクヴィルが離れて、正面の席に座り直した。

「それはあなたに差し上げたものです。返さなくてもいいですよ」

「でも、これって、すごく高価なものでしょうから……」

「あなたは無防備で警戒心が薄い。お守りは常に身に着けていてください」

「けど……」

すでにドレスと靴ももらっているので、これ以上、受け取っていいのかわからなくて悩む。

彼が、ふぅ、とわざとらしくため息を吐いた。

「ネックレスを私が持っていても宝の持ち腐れなので、どなたかに差し上げてください」

「そんなっ、いただいたものを人に渡すなんてできません！」

「ではイームズさんが持っていてくださいね。受け取った以上はちゃんと身に着けるんですよ」

にっこりと機嫌がよさそうに微笑まれて、また押し切られたと放心する。

「――ああ、着いたようですね」

レストランの馬車停めに入って馬が止まった。ノエルは慌ててボンネットをかぶる。彼に迫られたことで、なぜ魔力持ちであることを見逃してくれたのか、聞こうと思っていたことをすっかり忘れていた。

レストランでおいしい食事をごちそうになり、お腹も満たされて上機嫌で王立歌劇場へ向かう。

劇場に近づくと周囲の視線が集まるのを肌で感じた。たぶん第一騎士団の長が隣にいるからだろう。ボンネットをかぶってきてよかったと心から思った。それに劇場内は昼間のように明るいので、ボンネットがなければ紫の瞳が目立っていたはず。

ドキドキしながらホールを突っ切って、受付でチケットを見せる。レイクヴィルから、「館内を見学しますか?」と聞かれて興味を持ったが、ボックス席へ直行することにした。

この場にいるのはほとんどが貴族だろうから、王城でノエルが癒した者もいるかもしれない。注目を集めたくない。

ボックス席はさすがに見晴らしがよかった。しかも舞台の真正面に限りなく近いため、眺望がいいだけでなく音もよく聴こえるだろう。

――これほどの席、故郷では座ったことなかったわ。

嬉しくてはしゃいでしまい、ボックス席から身を乗り出してしまう。すると階下の平土間席にいるお客の何人かが、こちらを見上げていた。

一人の紳士と目が合って彼が驚いた表情に変わったため、ノエルは慌てて奥に引っ込む。距離があるので瞳の色はわからないだろうが、暗くなるまでボックスの後方に下がっていることにした。

レイクヴィルから出演者について聞いていると、開演の時刻になってホールが暗くなる。

ノエルは頬を上気させて舞台を見つめた。

歌劇は圧巻の演奏と歌唱による、迫力ある素晴らしい内容だった。

今夜は史実を元にした聖女の物語で、魔獣の王を討伐する旅の最中、護衛騎士と恋仲になった聖女が、王子の妃となることを捨てて恋人と永遠を誓うラブストーリーだ。

最後は、護衛騎士が討伐の褒美に聖女との結婚を望み、国王は二人の想いに打たれて祝福する……という流れだった。

さすがに王立歌劇場で王家の批判的な話はできないようで、聖女が王子に討伐の同行を求め、王子が逃げたことは省かれている。聖女も旅の途中で王家の中傷はしていない。

史実とは細かい部分で異なるものの、舞台芸術としては素晴らしい演目だった。

——演奏と歌唱が故郷とは違ってすごく重厚だわ。音楽だけでも、もう一度聴きたいぐらい。

来てよかったと心から思った。王立歌劇場はそう何度も足を踏み入れることは叶わないが、平民が利用する歌劇場へは頻繁に通うかもしれない。

ただ……

「イームズさん、帰りはこちらです」

レイクヴィルが正面玄関とは反対方向へノエルをエスコートする。不思議に思っていたら、かなり立派な造りの裏口から外に出た。

「あら？　こちらからも入れるんですか？」

「ここは出口専用です。帰りは馬車停めが大混雑するので、一部の人間はこちらから出ることになっています」

王族や高位貴族を優先的に通す裏口のようで、歌劇場を出るとレイクヴィルが使う紋章のない馬車が待機していた。

他の貴族とかち合いたくないノエルは急いで乗り込み、馬車が走り出すと大きく息を吐いた。視線を足元に落としてぼんやりと床を眺める。

「――疲れましたか？」

ぼーっとしていたノエルは即答できなかった。数秒の間を空けて、やっと問いかけられていることを脳が理解し、慌てて顔を上げる。

「あっ、すみません……」

正面に座るレイクヴィルは穏やかに微笑んでいる。

「いえ、夜間の外出は疲れたでしょう。ご自宅まで送りますから、ゆっくり休んでください」

頷こうとして、ふと彼に言われたことを思い出した。

「あの、団長様のお屋敷へ行くのでは？」

「えっ！」

彼が目を丸くして、珍しく挙動不審になっている。

「……いえ、さすがに、今夜はやめておきます」

なぜか弱々しく疲れたように微笑んでいる。まあ、夜も遅いので彼も疲労を感じているのだろう。屋敷に攫（さら）いたいとか言っていたが、この時刻ではマナー違反であるし。

「では明るい時間にいたしましょう。団長様のご都合のいい日があれば、手紙で教えてください」

こちらは薬を作って売る以外に仕事はないため、忙しい彼の予定に合わせたい。

しかしレイクヴィルは、目元を赤くして視線をさまよわせている。

「……イームズさん、男の家へ若い女性が一人で行く意味をご存じですか？」

ノエルは首を傾ける。ライズヘルド王国では隠された意味があるのだろうか。

その様子を観察するレイクヴィルは、困ったような表情で微笑んだ。

「少々お聞きしたいのですが、あなたは故郷で貴族令嬢だったのではありませんか？」

「なんでわかるんです!?」

そう、ノエルは生国でイームズ子爵家の長女として生まれている。れっきとした貴族令嬢なので、マナーはきっちり身に着けているし、淑女のたしなみとして馬にも乗れるし、狩猟も経験がある。

「イームズさんを見ていればわかります。我が国も二百年ほど昔は、貴族の令嬢はすべて箱入り娘だったので」

「今は違うのですか？」

「そうですね。だいぶ変わりました。おおらかというか、イームズさんからしたら奔放だと思われるでしょう」

そこで彼は悪戯っぽい笑みを口元に浮かべる。

「深窓の令嬢でも、子どもの作り方ぐらい知っていますよ」

「まあ、作り方だなんて不敬ですわ」

「不敬？」

「子どもは結婚式を挙げた夫婦のもとへ、女神様が授けてくださる神の御子じゃないですか」

レイクヴィルが盛大に引きつった笑みを浮かべた。頑張って笑おうとしたら失敗したという感じだ。ノエルは心の中で、「どうしたのかしら？」と不思議に思う。

しばらくして彼はゆるく首を左右に振ると、いつものように爽やかな笑顔を見せた。

「話題を変えましょう」

「えっ」

「今日の歌劇、いかがでしたか？　気に入りましたでしょうか」

いきなり話が変わってノエルは反応できない。しかし彼はまったく動じていなかった。どうやら神の御子について話したくないらしい。

「えっと、そうですね、とても素敵でした。歌も音楽も素晴らしくて、作品の世界に入ってしまうようで……」

演目は本当に素晴らしかった。今夜の歌劇場にいたお客で不満を抱いている者など、誰もいないと思う。自分が抱えているモヤモヤした想いも、作品についてではない。

「ただ、その……、やはり国民は聖女の奇跡を求めているんだなと思って……。ほら、今の聖女様って王城に引きこもって何をしてるのかわからないじゃないですか。先代聖女様のように、もっと国に貢献するべきじゃないかなって……」

先代聖女は討伐へ向かう旅の最中、仲間や民に異世界の様々な知識を与えていた。護衛騎士と結ばれた後は、王家とも協力して国の発展に努めたという。

しかし今代聖女の自分にそのような知識などない。

ならばせめて癒しの魔力で国民の援（たす）けになるべきではと思う。王城に戻って国の方針に従った方がいいのかもしれない。

王都で薬を売っても一部の民しか救えないし、魔法植物の研究も一人では行き詰まる可能性が高い。

――けど王城に戻れば公妾にされるわ。それに城にいたときは、貴族にしか癒しの魔力を使わせてもらえなかった。第一王妃様や王太子殿下を相手にして、待遇を変えてほしいと説得する自信がない……。

己の進む道が見えなくて、迷子になった心持ちで眼差しを伏せる。するとレイクヴィルが隣の席に移動してきた。

彼は自身の手を、ノエルの膝の上にあるほっそりとした手の上に重ねる。

「私はそうは思いません」

ひどくきっぱりとした声に彼へ視線を向けると、真剣な表情をしてこちらを射貫いてくる。ノエルは反射的に背筋が伸びた。

「国はたった一人の聖女に頼りきってはいけないのです。なぜなら聖女はこの世界の人間ではない。拉致（らち）して無理やり連れてくるなど許されざることですから」

「でも、先代聖女様は護衛の騎士様と結婚して幸せだったのでは？」

「確かに想い合う相手と結ばれたことは、前の聖女にとって幸福だったでしょう。しかし彼女は晩年にこう言い残しています。『死んだら魂だけでも故郷に帰りたい』と」

その言葉に、ノエルは頭を殴られたみたいな衝撃を受けた。

実は召喚されたときのノエルは、いわれなき国外追放の刑を受けて一人ぼっちで生きていた。孤独によって心が枯れかけていたとき、足元と頭上に金色の魔法陣が光ってライズヘルド王国へ飛ばされたのだ。

寂しさで心が病みそうになっていたから、正直なところ召喚を恨んだことはない。

でもそうではない人の方が多いだろう。自分だって故郷に家族が生きていれば、帰りたいと思うはずだ。……己の想像力のなさにへこんでしまう。

「聖女がいなくても魔力がなくても、科学技術を発展させることで人はもっと豊かな世界を築けます。それは先代聖女が示してくれました」

先代聖女が生まれ育った異世界は、魔法が存在しないという。でもライズヘルド王国より、ずっと豊かだったらしい。ただ、彼女によると異世界も数百年前までは、この国の生活水準とそう変わらなかったそうだ。

ならば国と人の努力によって、異世界のレベルまで限りなく近づけることはできるはず。

「だから私は、この国が聖女を必要としない国になってほしいと願っています」

「……そう、ですね」

「今代の聖女様には、自由に、幸せに過ごしていただきたい。何者も彼女を束縛することなどできないと、私は考えています」

「……私も、そうであってほしいと、思います……」

国の都合で召喚しておきながら、ノエルは城に軟禁されて侍女を虐げられて哀しい想いをした。そのうえ死ぬまでこの国から出られない。

——ライズヘルド王国は好きだけど、あんな扱いをされたら尽くしたいとは思わないし、そんな義理もないわ……。

そのように考えることができた。どうやら歌劇を見て〝聖女は国に尽くすもの〟との思想に引きずられていたようだ。

目が覚めたら、肩の荷も下りた気分になってホッとする。

「ありがとうございます。いろいろと考えすぎちゃいましたが、落ち着きました」

レイクヴィルへ微笑むと、彼も安心したように微笑を浮かべている。

しかしこのとき、彼との距離がすごく近いことに思い至った。ネックレスをつけてくれたときと同じぐらいの近さだ。しかも己の手に彼の手が重なっている。

一瞬で体温が上昇し、そっと顔を伏せて視線を逸らした。

「イームズさん？　首が赤いですよ」

「……少し、暑くなっただけです」

羞恥で声が震える。そこで彼もノエルの様子に気がついたのか、さらににじり寄って互いの膝が触れ合ってしまう。

「耳も赤いですよ……」

彼に耳元で囁かれ、「んぅっ」とノエルは声を漏らして身をすくめる。

そこからしばらくの間、痛いほどの沈黙が満ちた。

ノエルは手の甲と膝で感じる彼の体にドキドキしつつも、何もしゃべってくれないので焦りのような気持ちに苛(さいな)まれてしまう。痺(しび)れを切らして声をかけようと口を開く直前、彼に「イームズさん」と呼ばれた。

「あっ、はい」

「……お願いがあるんです」

「え、あ、はいっ、なんでしょう？」

彼からの頼みならなんでも叶えてあげたい。今の生活を、安定という名の幸福を与えてくれた方だから。

そう思ってレイクヴィルを見れば、彼は目元を赤くして熱っぽくこちらを射貫いてくる。

「抱き締めてもいいですか？」

「……はいぃ!?」

「ありがとうございます」

許可した覚えはないのに、目を丸くするノエルをレイクヴィルが膝の上に乗せた。

ノエルは小柄なので、長身の彼の膝の上に乗ると視線の高さが同じになる。真正面から見つめ合うことになって硬直した。

レイクヴィルは再びノエルのボンネットを外し、壊れ物を扱うかのように、そっと肢体を抱き締める。

彼のたくましい体に寄りかかりながら、ノエルは静かに混乱して視界がグルグルと回っていた。

——なんなの？　突然何が起きたの⁉

青天の霹靂(へきれき)に頭が真っ白になる。しかも放心していたら、耳にかすれた声が吹き込まれた。

「——あなたが好きです」

今のノエルには、その言葉がすぐさま理解できなかった。数秒後、やっと脳が動き出して勢いよく体を起こす。

「なっ、な……っ！」

目玉が落ちそうなほど目を見開くノエルが、口を開けたまま真っ赤になる。

その様子にレイクヴィルがわざとらしく長いため息を吐いた。

「やっぱり気づいていなかったんですね。私は結構露骨に誘惑していたのに」

「ゆっ、誘惑……!? え、いつ……?」

「ことあるごとに」

「ことあるごとに!?」

そんなことあったっけ？ と脳内で記憶を探るが、まったく心当たりがない。彼に誘惑されていたなんて寝耳に水だ。

「まあ、鈍いあなたなら気づいてないだろうと思っていたので、率直に告げることにしました」

「私、鈍くありません」

「気にするのはそこですか……」

力なく笑うレイクヴィルだったが、すぐに表情を改めた。

「イームズさん、私はあなたが好きです。この国で苦労しながらも自暴自棄になることなく、民のために魔法植物を生み出そうと考える博愛に感銘を受けました。あなたのおかげで私は自分の生き方が間違っていたと気づいたんです」

ものすごく持ち上げられているが、己はそこまで大層な人間ではない。反論したかったけれど、驚きすぎて口を開けたり閉めたりと何も言えなかった。

彼の長い指がノエルの頬を撫で、顔周りの髪の毛を指先に巻きつける。

「それに、あなたはすごく可愛いし」

「可愛い!?」

思わず自分の顔を手のひらで撫でてみる。仮面をかぶっているわけではなく、自分の肌で間違いない。

「あのぅ、ライズヘルド王国の方って、美醜の感覚が私の故郷と違うのでしょうか」

呆然と呟けば、レイクヴィルが小さく噴き出した。

「私は自分の顔が整っているとうぬぼれていますが、あなたはどう思います?」

「ものすごく素敵です！　この国でイケメンという言葉を知りましたが、レイクヴィル団長はイケメンだと常に思っています！」

グッと拳を握り締めて力説すると、彼ははにかんだ表情になった。

「……真正面から言われるとクるものがありますね」

「何が来るんですか?」

ははは、と彼は笑って答えてくれなかった。

「つまりあなたと私の美醜の感覚は変わらないってことです。――あなたはとても可愛いですよ」

好きな人から可愛いと言われたら、際限なく胸が弾んで苦しくなってしまう。家族を失ってから、ずっと自分に貼りついていた孤独が癒される気がした。

「嬉しい、です……」

「では答えをください。あなたは私のこと、どう思っていますか？」

「それは……」

「先に言っておきますが、難民だからとか、お互いの立場や生き方を言い訳にして答えをはぐらかすのは禁止です」

「それ、すごく大切なことでは……」

貴族ならば、お相手となる女性の身分が重要になる。結婚は家と家の結びつきを目的とするのだから。

しかし彼は首を左右に振った。

「あなたが手に入るなら、私はすべてを捨てても構わない。あなた以外に他には何もいらない」

心臓が一瞬止まったかと思った。口先だけの言葉だと反論したいのに、胸が高鳴りすぎて声が出ない。

考えすぎてグルグルと目を回していたら、彼はノエルの髪を解放して指先でそっと顎をつかんできた。間近で見つめ合うと、彼の瞳に渇望を感じる。

「あなたの気持ちを聞かせてほしい」

しかも彼の空いた方の腕がノエルの腰に回され、グッと強く抱き締めてくる。

ノエルは逃げようがない状況に、幸福と羞恥が入り混じって視線だけ横に逸らした。彼の目を見ながら告げる勇気がなくて。

「嫌いじゃ、ないです……」

「こら、その言い方は反則ですよ」

「だって、団長様がどう言っても、身分のことを考えてしまいます……」

「私が気にしないと言っても?」

「私は、団長様にすべてを捨てさせたいなんて思いません」

「私を案じてくれる気持ちは嬉しいですが……ではあなたの身分の方をどうにかしましょう。難民のままでは心許ないでしょうし」

どこかの貴族の養子にするつもりだろうか。故国でも結婚相手との家格が釣り合わないときは、養子縁組が使われることもある。

「あなたの不安は全部解消してみせます。――だから本音を聞かせてください」

その声に、ほんの少し縋るような懇願するような感覚が含まれていたから、自分もまたこの人の不安を消したいとの気持ちが生じた。

――本音なんて、もう決まっている。

照れ隠しに、そのたくましい首にそっと縋りついた。

好き、との囁きはかすれて小さかったけれど、彼はきちんと聴き取ってくれたようで、抱擁する腕の力がきつくなる。

少し息苦しかったけれど、すごく嬉しくて幸せだった。

……そのまましばらくの間、抱擁を解かずに互いのぬくもりを感じ合っていた。しかし
ノエルはだんだん冷静になって、彼と抱き締め合う状況に猛烈な羞恥がこみ上げてくる。

――私のことが好きだなんて夢みたい……まさか本当に夢じゃないわよね。

これほどリアルな夢があるものなのかと悩んでいたら、レイクヴィルが、はあ、と色っぽいため息を漏らした。

首筋に吐息がかかってくすぐったい。しかも心臓がドキドキして叫びたくなる。

腹の底から湧き上がる衝動に耐えていると、彼がようやくノエルの体を離した。

「こうしていると、あなたを攫ってしまいたくなるからまずい」

「えっと、お屋敷に行くのは構いませんよ？」

すると彼が、仕方がないなぁ、とでも言いたげな苦笑を浮かべた。

「あなたを屋敷に招いたら、私はきっと朝まで帰しません」

徹夜で盤上遊戯（ボードゲーム）でもするのだろうか？　まあ、明日は第一騎士団が薬を取りに来る日ではないし、彼らに渡す薬もすでに用意しているので、休日にしても構わない。

「はい。では朝までお付き合いします」

「んー……」

レイクヴィルはなぜか、唇を真一文字に引き結んで天井へ顔を向けている。ノエルの眼

前に男の喉仏がさらけ出されるから、自分にはない器官に好奇心が膨らんで触ってみたくなった。

「ここは据え膳を食うべきなのか……でも絶対にわかってないよな……いや先延ばしにしたっていつかはヤるだろうし……」

ノエルにはよくわからないので、喉仏がかすかに動く様を観察しておく。ひくひくと上下に震える動きに、はしたないとわかっていながら指先で触ってしまった。

「わっ」

彼が慌てた様子で顔を戻した。

「あ、すみません、勝手に触ってしまって」

「いや、構わないけど、少し驚いた……」

喉を手で押さえる彼は、すぐに唇の端を吊り上げて悪魔的に微笑む。

「私に触りたかったんですか?」

「えっと、私にないものだったから、気になったというか」

「男にしか付いてないものは他にもありますよ。——触ってみます?」

このときの彼の表情は、『秘密』と告げたときの顔と同じだった。好青年の仮面がひび割れて、ほんの少し黒い部分が覗いているようで。

自分が恋に目覚めたときのことを思い出し、高揚する気持ちに煽られて、こくんっと頷いた。

「じゃあ私の屋敷に行きましょう。で、朝まで帰さない」

「はい」

素直に頷けば、まっすぐに射貫いてくる眼差しに妖しさが混じるようで。なぜか本能が危険だと警告し、心臓の拍動が加速する。それでも引き返す気にはならなかった。

再び彼のたくましい体に縋りつく。大きな手のひらが背中を撫でてくれるから、誰かに甘える幸福を噛み締めて目を閉じた。

ノエルの自宅へ向かっていた馬車の進路を変えて、貴族街がある南区へ戻るように道を進む。少し驚いたのは、窓の景色から街壁に近づいていくと気づいたからだ。

高位の貴族ほど、王城の近くに居を構える。それは故国でも同じ。

つまり街壁近くは下位貴族や準貴族、または平民の富裕層が占めるエリアだ。

ノエルはレイクヴィルの身分がよけいにわからなくなって混乱する。それほどかからずに目的の屋敷に着けば、やはり街壁の近くというか、すぐそばだった。

馬車から降りてエスコートされつつ玄関をくぐると、そこは小さいながら二階まで吹き抜けのホールで、二人の初老の男女が出迎えてくれた。

「おかえりなさいませ、旦那様」

男性の方がレイクヴィルのジャケットを受け取り、ノエルに「いらっしゃいませ、お嬢様」と親しみやすい笑顔で挨拶してくれる。

「イームズさん。こちらが当家の執事でボートン。そして家政婦のマットナー夫人です」

家政婦の方が進み出る。

「お嬢様、ようこそいらっしゃいました。わたくしがお部屋までご案内しますわ」

「はい……」

それでいいのかなとレイクヴィルを見れば、「私は部下から報告を聞かねばならないので、少し待っていてください」と言われたので頷く。第一騎士団の人が来ているのかもしれない。

仕事の邪魔はしたくないノエルは、マットナー夫人についていくことにした。

ホールの正面にある階段を上っていくと、二階の廊下の奥でマットナー夫人が部屋のドアを開けた。少々お待ちください、と言いつつ彼女が壁に触れた途端、いきなり光が出現してまぶしいほど明るくなる。

「わっ、照明の魔道具ですか?」

「はい。屋敷中に設置してあります」

「それはすごいですね」

貴重な魔道具を大量にそろえることができるとは、やはり高位貴族なのだと思う。燃料となる魔核だって安くはないのだから。

部屋は女性客を意識しているのか、柔らかい色合いで統一した居心地のいい空間だ。内装は可愛らしい雰囲気のものでまとめられている。

故国とは内装が微妙に違う、と辺りを見回していたら、夫人に衣装部屋へうながされた。

「どうぞ、お好きなお召し物をお選びくださいませ」

「えっ」

「ドレスではゆっくりと休めないでしょうから、お召し替えをお勧めします。柔らかいコルセットもございますので、リラックスできますわ」

他家を訪問して着替えるという事態が初めてなので、ノエルは大いに戸惑って動けない。ライズヘルド王国の上流階級では普通のことなのだろうか。

——朝まで帰さないって言っていたから、寝ちゃったときのためかしら？

戸惑いつつも、夫人にうながされて衣装部屋に足を踏み入れる。ずらりと並ぶドレス類を眺めて首をひねった。

「これ、どなたかの持ち物ではないのですか？」

「いいえ、すべてお客様用のものです。下着類も新品ですので、どうかご遠慮なさらないでください」

貸衣装だと思えばいいのかな、と思う。

「あの、おいくらですか?」

「まぁ、お金などいただけませんわ」

「でも……」

「そんなことをしたら、わたくしが旦那様に叱られてしまいます」

よよよ、と夫人が顔を両手で覆って嘆いてしまったため、仕方なく一番シンプルな服を選ぶことにした。シンプルといってもそのクリーム色のドレスは、襟や袖口、裾に金糸で刺繍が施されて美しい。ウエストの切り替え部分がゆったりとしていて着やすそうだ。

しかし衣装を選んだら、夫人に湯浴みを勧められて絶句する。

「夜はだいぶ気温が下がりますけれど、日が落ちるまでは汗ばむこともございますし」

——これは遠回しに汗臭いと言われているのでは!?

思わず腕や肩口をスンスンと犬のように嗅いでしまった。特に汗臭くはないが、自分の匂いは自分ではわかりにくいと聞く。好きな人に幻滅されたくない乙女心から、湯浴みを断ろうとしていた気持ちが砂と化した。

「わかりました、お風呂をお借りします!」

「お客様のお化粧はお上手ですが、すべて落とされた方がよろしいですわ。わたくしは薄化粧が得意なので、湯浴み後のことは心配なさらないでくださいね」

――つまりお化粧も剝がれているのね！

焦るノエルは急いで湯浴みをすることにした。バスルームに入ると、すでにお湯をたっぷりと張ったバスタブが用意されている。王都は水資源が豊富なうえ、上下水道の設備が整っているため、気軽に汗を流すことができるから嬉しい。

髪は洗うと染料が落ちてしまうので、体と顔のみ素早く清めて着替えることにした。

――うーん、下着ってこれしかないのかしら？

この国の女性用下着は、故国と比べておしゃれで可愛いものが多い。しかし布面積が小さめで、着用にはものすごく勇気がいるデザインなのだ。しかもドロワーズと違って肌に密着し、体の線が出るタイプ。ノエルには恥ずかしくて手が出せなかった。

でも今、用意されているのはショーツという布面積が小さい下着のみ。

――下着も先代聖女様が考案したって聞いたけど、冬は寒そう。

仕方なく骨盤のサイドで紐を結ぶショーツを穿（は）き、柔らかいコルセットをゆるめに締める。確かに湯浴み前よりずっと楽になって肩の力が抜けた。

新しいドレスを着て髪は結わずに下ろし、深紅のコーラルネックレスを身に着ける。

このときふと疑問を思い出した。

――珊瑚って、魔核と同じように魔力の源（みなもと）になるのかしら？

レイクヴィルにそれを聞いたとき、彼のピアスが魔道具であることも指摘したため、うやむやになってしまった。

試しに珊瑚へ触れながら治癒魔法を自分にかけてみる。ふわりと虹色のベールのような光が体を包んだものの、珊瑚から魔力を得た感覚はいっさいなかった。

――どう見ても普通の宝石よね。それなら団長様の珊瑚が特別なのかしら？

気になるものの、魔力に関わることは墓穴を掘る可能性が高いため、うかつに尋ねられない。まあいいかと己を納得させることにした。

その後、マットナー夫人に薄化粧をしてもらい、再び案内されて今度は三階の行き止まりの部屋の前で足を止める。窓の外には月明かりに照らされる街壁が、ものすごく近くに迫っていた。おかげで圧迫感が半端ない。

マットナー夫人がノックをすると、レイクヴィルの声が聞こえてきたのでホッとする。

ノエルが中に入ったとき、ソファから立ち上がった彼は、ウエストコートを脱いでクラヴァットも手袋も外しているため、とてもリラックスした格好になっている。親密さが増しているようでノエルはドキドキした。

しかし彼の方はこちらを見てギョッとしている。

「着替えたんですか？」

「えっ、そういうものではないんですか？」

互いに驚いた表情で見つめ合う。先に我に返ったレイクヴィルがマットナー夫人へ視線を向けると、彼女はホホホと笑いながら音もなく退出した。

「……申し訳ない。うちの使用人が、その、着替えを強要したようで」

「強要はされていませんが……じゃあ、来客に着替えやお風呂を勧めるのって、この国の慣習ではないんですね」

「違います」

レイクヴィルがこめかみに指先を当てて、頭が痛いと言いたげな表情になっている。

なぜ着替えとお風呂を勧められたのか謎であるが、さっぱりしたのでまあいいかと思う。

そして彼にうながされてソファに腰を下ろすと、彼が隣に座ったので身をすくめた。

対面で座るのがマナーだと思うのだが、ライズヘルド王国の貴人の常識がわからないため深く考えないでおく。

「私、ボードゲームって好きなんです」

突然の話題転換にレイクヴィルが目を丸くした。

「ボードゲーム、ですか？」

「はい。朝までお付き合いするとお約束しましたから、ボードゲームでもしようかと思いまして」

「あー、なるほどぉ……」

レイクヴィルが疲れた顔で力なく笑った。さらに右手で双眸を押さえ、ガクリと顔を伏せてうなだれている。どうしたのだろう。

だがしばらくすると吹っ切った様子で顔を上げ、軽々とノエルを持ち上げて膝の上に乗せた。

「わぁっ！」

「私は恋人を自宅に連れ込んでボードゲームをするほど、理性は強くありません」

「こっ、恋人って……！」

「そうでしょう？　私はあなたに好きだと告げて、あなたも私を好きだと言ってくれた。恋人でなければ手は出しませんよ」

言うやいなや抱き締められ、ネックレスの上から首筋に吸いついてくる。

「あ……っ」

自分の声ではないような、甘い吐息混じりの声が漏れた。恥ずかしさのあまり慌てて口を手のひらで塞ぐ。

彼はノエルの狼狽に気づかないのか、気づかないふりをしているのか、ちゅっ、ちゅっと軽い音を立てて吸いつきながら唇を上へずらす。首筋から顎、顎から頬、そして目尻や額へと、顔中に口づける。

くすぐったさと羞恥で身をすくめたとき、ノエルはようやく男性に迫られていると、彼と二人きりであることに思い至った。

故国では、未婚の男女は異性と二人きりになってはいけないと厳しく躾けられる。特に令嬢は外出する際、必ず侍女を伴っているほどだ。

それなのにノエルは、ライズヘルド王国で平民として一人暮らしをしている間に、淑女の心得が頭からすっぽりと抜け落ちていた。

「わっ、私は故郷で、結婚するまで殿方と二人きりになってはいけないと、たとえ婚約者でも駄目だって、言われていて……」

「我が国でも昔はそれが常識でしたが、今では貴族令嬢も隠れて男と会っていますよ」

「嘘……」

「先ほど言ったでしょう？　我が国の貴族令嬢は箱入りではないと。おおらかというか、奔放だと」

彼が肌に口づけたまま話すから、くすぐったいだけでなく居たたまれない。しかもキスされるたびに、唇が触れていないお腹がジンジンする。まるで月のものが来たような感覚だが、不快感や痛みはなくて、少しもどかしい。

不可解な感覚と、好きな人に密着している羞恥でうろたえていたら、彼の唇がやっと離れた。間近で黒い瞳がこちらの目を覗き込んでくる。

「だいたい、なぜ男と二人きりになるなって言われるか、理由はわかってます？」

「えっと、貞操とか純潔を守るためとか……」

「その貞操とか純潔って、具体的に何を示しているんでしょうね？」

ノエルはとっさに答えられなくて、目を瞬かせて呆然とする。

「言われてみれば、考えたことがありません……」

愚直なまでに両親の言いつけを守って思考を停止していた。みんながみんな、同じように親の方針に従っていたため、〝そういうもの〟と思い込んでいた。

「——知りたいですか？」

彼が優しく目を細めて射貫いてくる。その顔は微笑んでいるのに、悪いことを考えているのが感じ取れた。それは、『秘密』と囁いたときの顔みたいで、やはりノエルは操られたように頷いてしまう。

端整な顔がさらに近づいてくる。彼の黒い瞳に自分が映っているのが見えたとき、互いの唇がちょんっと触れ合った。

ほんの一瞬、啄（ついば）むだけの接触だが、ノエルは限界まで目を見開く。

「挨拶の、キスは、唇に、しちゃいけないって……」

「どうして？」

「だって、唇にキスするのは、旦那様だけだから……」

「我が国では恋人同士でもしますよ」

「ええ……」

「イームズさんは、郷に入っては郷に従えという我が国のことわざをご存じですか？」

「はい」

「ここはライズヘルド王国です。あなたの故郷の慣習を否定するつもりはありませんが、せっかく新天地にいるのですから、我が国の価値観に染まってみるのも一興ですよ」

そうなのかしら？　とノエルは判断がつかなくて迷う。けれど思い返してみれば、彼と甘い物を食べさせ合ったりと、この国の風習に従ってきたことも多い。

――それなら、キスも、おかしくない、かも……？

自分に言い聞かせるように心の中で呟き、羞恥を押し殺して頷いた。

嬉しそうに微笑む彼がさらに美しい顔を近づけてくる。

「キスするときは、目を閉じて……」

言われるがまま視界を塞いだ途端、柔らかくて少しかさついた感触が唇に触れる。故郷の教えに背く行為は、背徳的な後ろめたさと好奇心がない交ぜになって、波のように己の心に打ち寄せてきた。

彼は触れるだけではなく、ノエルの唇に優しく何度も吸いついている。上唇、下唇と順に食(は)む行為を繰り返されると、ノエルはだんだん心地よさを覚えて、純粋な喜びが胸の奥底からせり上がってきた。

たぶんこの想いが、愛しいという気持ちなのだろう。彼を推し様とかイケメンとか、偶像として愛でていた頃とは根幹から異なる想い。

好きよりも上位に位置する感情だと、誰に教えられたわけでもないのに自然と理解していた。

そっと離れていく温もりが名残惜しくて、無意識に彼へ縋りついて肩口へ顔を埋める。

好きな人への恋情と初めての口づけに陶酔していたら、窓の外にある景色が目に入って疑問を漏らした。

「ここ、街壁からすごく近い……お屋敷が壁にくっついてるみたい……」

「くっついてますよ」

「……そうなんですか？」

「隣の寝室には、街壁と接する側の壁に脱出用の抜け道が作られています」

キスでふやけた脳が、その意味を理解するのに数秒かかった。

ノエルはのっそりと体を起こして彼を見つめる。

「それって、街壁を通って王都の外に出るってことですか？」

「ええ。見てみます？」

彼はうさんくさい笑顔で、寝室へ続く扉へ視線を向ける。

ノエルは好奇心に負けてコクリと頷いた。

レイクヴィルに腰を抱かれて隣室に入り、大きな天蓋つきのベッドを通りすぎて、最奥の壁の前で立ち止まる。

　彼は暖炉のマントルピースに飾られている美しいタイルを、ノエルではわからない順で押していく。それが鍵なのか、数拍の間を空けて石を引きずるような重たい音が響いた。壁の一部がゆっくりスライドしている。

「隠し扉……！」

「ええ。ここから先はもう街壁の中です」

　ぽっかりと空いた入り口から奥を覗いてみると、ゆるやかな石造りの階段が下へ続いている。照明の魔道具は設置していないようで、奥の方は暗闇に呑まれて見えない。土の匂いをかすかに感じるので、本当に王都の外へ続いているようだ。

「いったいなんのために……」

「先祖の一人が変わり者で、抜け道に憧れて街壁に穴を開けたそうです」

　王家にバレたらとんでもないことである。レイクヴィルは祖父が亡くなったときに、そういった不動産の一部を相続したという。

「抜け道の中はちょっとした迷路になっているので、子どもの頃は探検するのが楽しかったものです。今日はもう遅いので、また後日に中を案内しましょう」

「私が入っちゃってもいいんですか？」

「興味あるでしょう？」

彼が悪戯っぽく微笑むから、ノエルは好奇心を見抜かれたことに気づき、頬を染めて頷いた。

軽やかな笑い声をあげてレイクヴィルは入り口から離れ、マントルピースのタイルに触れて壁を元通りにする。入り口の切れ目は壁の装飾に紛れて、どこにあるかまったくわからなくなった。うまく造られていると感心する。

「イームズさん、そんなに壁にくっついてないで、こちらへ来てくれます？」

笑いながらレイクヴィルに呼ばれたので、名残惜しくも壁から離れて彼のもとへ向かう。ベッドに腰を下ろしたレイクヴィルが隣をぽんぽんと叩くから、並んで座れということらしい。ノエルは素直に腰を下ろした。

その途端、またもや抱き上げられて彼の膝の上に乗せられる。さすがにもう驚かず、苦笑する余裕さえあった。

「団長様は、これが好きなんですね」

「正確には好きになりました。あなたが私から逃げられないので」

彼は両腕でノエルの細腰をがっちりと抱き締め、熱っぽい眼差しを恋人へ向けている。しかも口調には色香があふれていた。

熱烈に求められているように感じるノエルは、胸が高鳴りすぎてめまいさえ感じる。

「逃げたりなんて、しません……」

「本当に？」

背中に添えた手のひらが、背骨の形を確認するように上下する。たったそれだけでノエルは背筋に甘い痺れが広がり、腰が砕けそうになった。

隣の部屋での昂りがすぐに戻ってくる。一瞬で互いの間にある空気が艶めかしいものに変わった。

「ん……、だって、あなたの、そばに、いたいから……」

「ベッドの上でそんな顔をしたら、男に何をされても文句は言えませんよ」

「何をするの……？」

レイクヴィルが、くすっ、と小さく笑ってノエルの耳元に顔を近づける。

「貞操や純潔がなんなのか知りたいと言ったでしょう？ ——あなたの体に、教え込もうと思いまして」

告げながら耳に口づけ、柔らかい耳朶を唇で食んでくる。

「ひゃうっ」

しかも耳殻を舌でなぞってきた。耳の表面を舐められているだけなのに、まるで内臓を嬲られているようでゾクゾクする。

ノエルは体の中心が発熱するのを感じた。

しかも背中にあった手のひらが、脇下や腹部、臀部や太ももをまさぐってくる。くすぐったさとは違うザワザワする感覚に身をくねらせた。

「やっ、手ぇ……耳もっ」

「駄目?」

「だって、変な感じがする……耳なんて、綺麗じゃないし……」

「湯浴みしたじゃないですか」

「このために、お風呂を勧めたの……?」

「私は指示していませんが、使用人が気を利かせたみたいですね」

耳をねっとりと舐めながら話すから、熱い吐息がかかって体が炙（あぶ）られる気分になる。風邪を引いたときとは違う体温の上昇に、ノエルの息も熱くなってきた。

さらに全身をまさぐる手のひらが、胸の輪郭を確かめるようになぞってくる。身を縮めたのと同時に、ぴちゅっ、と耳をしゃぶる恥ずかしい水音が響いて、ノエルの頬が真っ赤に染まった。

逃げたりなんてしないと告げた傍（そば）から逃げたくなる。

――なんで耳なんか舐めてるの?　どうして私の体をそんなに触ってるの……?

初めて知る愛撫に翻弄されて、理解が追いつかず泣きそうになった。

「なんで、こんなこと、するの……」

涙声を漏らせば、彼が官能的なため息を吹き込んでくる。よけいに体が熱くなってのぼせそうで、意識がクラクラした。

「あなたが好きだから、あなたと愛し合いたい。あなたのすべてを余すところなく味わいたい」

「あ、愛し合うと味わうって、同じなの？」

「そう。あなたの全身を舐めて齧(かじ)って吸いついて、愛し合います」

「ふえぇ……」

彼はノエルの情けない声を聞いて、ちゅっと耳に吸いついてから目を合わせてきた。

「そのあと、あなたを丸ごと食べてしまいます」

「わっ、私っ、食べられない……！」

ぶんぶんと首を左右に振って両手を突っ張り、彼と距離を取ろうとする。

レイクヴィルは弱々しい抵抗などものともせず、おかしそうにクスクスと笑った。

「すみません、恐がらせて。これは比喩表現ですよ」

「比喩……なんの……？」

「恋人ならみんなしている行為の、ですね」

よくわからないことを言いながら、彼が唇を塞いでくる。

キスは目を閉じるものだと教えてくれたから、ノエルは反射的に瞼を下ろした。

初めての口づけが心地よかったせいか、唇が触れるだけで力が抜けていく。彼の胸部を押し戻すことができなくて、おずおずと広い背中へ腕を回した。

シャツしか着ていない男の上半身は、体の硬さや厚みがわかりやすい。自分とはまったく違う肉体に頼もしさを感じて、自然と縋りついた。

——こうしていると、安心する。

彼はノエルの唇に軽く吸いついてから、皮膚が触れるか触れないかの近さで囁いた。

「もっと深くしても、いい？」

ノエルがそっと瞼を持ち上げて彼を見れば、近づきすぎて黒い瞳に何も映っていないように見える。けれど本能で、すごく求められていると感じて心がウズウズした。命も何もかも差し出して足元に崩れ落ちてしまいそう。

「……深くって、どうするの……？」

その言葉を了承ととらえたのか、黒い瞳が瞼で隠される。再び唇が重ねられ、ペロッと舌先で舐められた。

驚いたけれど耳を舐められていたから、彼は舐めるのが好きなんだと思って抵抗はしない。すると舌が、唇の隙間を開いてほしいと言わんばかりに何度かなぞってくる。

ぬるりとした感触に小さく震えるノエルは、口をほんの少し開けて彼を許した。

素早く肉厚の舌が潜り込んでくる。

「んぅっ」

とっさに仰け反ってしまいそうになる。でもいつの間にか彼の手が後頭部をつかんでいて逃げられない。

動揺するノエルの隙を突き、生温かい舌が萎縮する舌を搦め捕ってしまう。

このときノエル自身も意外なことに、彼の口腔へ甘い吐息を漏らした。

——驚いたけど、嫌じゃない。

それどころか、縦横無尽に這い回る感覚が気持ちいいとさえ感じる。他人の舌が自分の口に入るなどおぞましいと思うのに、相手が好きな人なら嬉しくて胸が弾む。

ただ、キスをしている間は呼吸を止めていたため、彼が唇を解放するとノエルは肩で息をした。

「はっ、はぁっ……」

「口づけするときは、鼻で息を吸って」

彼の親指が、恋人の濡れた唇をそっとぬぐう。ノエルが酸欠気味のぼんやりとした意識でレイクヴィルを見れば、黒い瞳には隠しきれないほど情欲がくっきりと表れていた。

ノエルを慈しむ優しい眼差しなのに、激しい肉食的な感情が滲んでいる。まるでノエルを骨までしゃぶり尽くしたいと思っているようで。

——あ……、丸ごと食べるって、そういう意味……

この先に何が起きるかわからないけれど、本能が彼においしく食べられたいと望んでいる。恋人がみんなしている行為なら、自分たちもそうありたいと。

情熱的な想いに突き上げられて、自分から彼に口づけた。

一瞬硬直したレイクヴィルだったが、すぐにノエルをかき抱いて舌で唇を割り開き、甘い吐息を味わうように口内をまさぐり、すみずみまで舐め尽くす。

「はぅ……んっ、んふ……はぁっ、あん……んくっ、ふぅ……っ」

鼻にかかった甘え声が止められない。好きな人に求められるだけではなく、自分も求めることができるのは幸福だと悟って、嬉しくて。

この世にこんな多幸感があるなんて知らなかった。

いつの間にかノエルも舌をいやらしく動かして、積極的に気持ちいい感覚を拾っている。口腔に二人分の体液が溜まれば、甘いとさえ思いながら嚥下(えんげ)し、夢中で濃厚な口づけにのめり込んだ。

とはいえ初めての深いキスに鼻呼吸がままならず、やがて息苦しさで彼にもたれかかってしまう。

「可愛い……」

レイクヴィルが感極まった声で呟き、ぎゅっと苦しいほどの力で抱き締めてくる。その声と力加減が、本心からノエルを可愛くて仕方がないと思っていると感じさせた。

ノエルの胸の奥がぽわぽわして幸福で満たされ……眠ってしまいそうになる。

——ここで寝ちゃ駄目……人様の家に来て眠っちゃうなんて……でも眠い……

今日は朝から気合いを入れて緊張していた。しかも普段はこんな夜遅くに活動することはないので、自分でも気づかないうちに疲れていたらしい。

「眠いですか?」

「……ううん、朝まで、お付き合いするって、言ったもの……」

「そうですね。私もここで寝られたら泣きそうです」

「泣かないで……」

「優しいですね。じゃあ続けさせてください」

「うん……」

ノエルの瞼はすでに閉じ、夢うつつで返事をしていた。自分が何を了承したのかも知らずに。

もちろんお許しをもらったレイクヴィルの方は、恋人をベッドに寝かせていそいそと服を脱がしていく。器用に下着まで奪ってベッドの下へ放り投げた。

ネックレスのみを身に着けた生まれたままの姿が、男の視界にさらけ出される。

真っ白なきめ細かい肌に、深紅の珊瑚だけを飾った淫靡で妖艶な姿だった。乳房は華奢なノエルに不釣り合いなほど大きく、おいしそうに育っている。腰のくびれは美しく、まろやかな臀部から続く脚の形は芸術品のよう。

『身代わり結婚だから離縁なんて簡単だって？　残念、君が本命です』
©真波トウカ／氷堂れん／プランタン出版
毎月17日頃発売
ティアラ文庫
Tiara Label
Opal
オパール文庫
毎月4日頃発売
『愛され秘書は逃げられない！絶倫副社長のとことん淫らなプロポーズ』
©吉桜美貴／炎 かりよ／プランタン出版

そして秘部を守る草叢は金色に輝いており、彼女の地毛が金髪であることを示している。さらに金の下草からは、発情する女の香りがかすかに立ち上っていた。

男の喉がごくりと上下に揺れる。

その間、ノエルの意識は夢と現実の狭間でぐらぐらしていた。自分の体が誰かに動かされていることには気づいていたが、この程度の刺激では入眠直前の人間は覚醒しない。それでも体に受ける奇妙な感覚によって意識を揺さぶられる。

——何、これ……？

首筋や鎖骨や胸部に、ねっとりした何かが這い回っている。ときには、ちくりちくりと皮膚を軽く刺すような感覚もあった。痛いような痛くないような不可解な刺激に、心とお腹が疼いて落ち着かない。

「あ、ん……ふっ、う……んっ、はぁ……あん……」

そのうち乳房から、ムズムズとした感覚が絶え間なく響いてきた。それはまるで胸全体を揉んでいるみたいで、じれったいような切ないような気持ちが下腹に溜まっていく。

ノエルは無意識に太ももをすり合わせる。何かが脚の付け根に向かって垂れ落ちるような気がして。

すごく恥ずかしいから私に触らないでと思うのに、意識が現実へ戻らない以上、身をくねらせることしかできなくて、もどかしい。

「あふ……はぁん……」

「いい声。そんな色っぽい声で啼かれると、優しくしたいのに優しくできなくなる」

うわずった男の声が、熱い吐息を絡めて耳に吹きかけられる。レイクヴィルのぬくもりが体内に忍び込んで肉体が火照るようで。

「ああ……」

煽られた体は自然と腕を持ち上げて、己を翻弄する体に縋りついた。

レイクヴィルがびくりと動きを止めたが、すぐさまノエルの顔中にキスをして再び体を下げる。彼の視線の先には、豊かな乳房が呼吸に合わせて上下している。

男の無骨な手が、重量感のある見事な双丘を根元から揉みしだいた。

「んぁ……あ、んくっ、やぁん……」

甘い声を漏らしながら女体がくねって、艶めかしい媚態を見せる。そのたびに、ぷるんっと乳房が蠱惑的に揺れた。

「……あなたは着やせするんですね。はぁ、たまらない……」

感慨深げに呟いたレイクヴィルが、人差し指の腹で胸の尖りをいやらしく刺激する。もう一つの待ちぼうけを食らう乳首には、柔肉ごとかぶりついておいしそうにしゃぶった。

おかげでノエルの意識は覚醒しないまま喜悦の海に溺れて、息苦しさと全身の熱さに悶え続けてしまう。

「や……はぅ……あぁ……んふぅ……あくっ、ふあぁ……」

彼の唾液をまとう舌が乳首を掘り起こすように舐め、勃ち上がった突起にちうちうと吸いついては甘噛みする。歯の感覚にノエルが震えると、慰めるつもりで優しく舐め回し、ときには舌先で押し潰す。徐々に甲高くなっていく嬌声を心地よく聴きながら、指で胸の尖りをつまみ、ピンと弾く。

その合間に、レイクヴィルは顔面でも瑞々しい肌を思う存分堪能する。夢中で素肌に吸いついては所有印をばら撒いた。

何者も触れたことがない無垢な肌に、卑猥な赤い花が数えきれないほど咲き誇る。男の執着と独占欲を表す印は、白い肌によく映えた。

その艶姿に彼は心から満足して、再び双丘と乳首を飽きることなく味わい続ける。甘く淫らな刺激を強制的に刻まれるたびに、ノエルの腰がくねって秘園からちゅくちゅくと蜜の音が鳴った。

——気持ちいい……苦しい……なんなの……？

延々と終わらないねちっこい愛撫に、やっとノエルの意識が浮上してくる。重たい瞼を持ち上げると、見たことがない天蓋が視野に入った。ここはどこだろうと呆けていたら、乳首を甘噛みされて快感の洗礼を浴び、嬌声を漏らす。

「あぁんっ！」

初めて経験する刺激に体が跳ね上がり、背中が弓なりに仰け反る。ぼやけていた感覚が鮮明になって、いきなり重たい肉悦に襲われて喘いだ。

「あっ、あぁっ！　……なに？」

はぁはぁと肩で息をしながら視線を下げ、目をみはった。

何も身に着けていない全裸のうえ、レイクヴィルが乳房にしゃぶりついている。しかも彼は胸の先に吸いついたまま視線を持ち上げ、ノエルと目を合わせた。

自分の乳房に吸いつく男と見つめ合う事態に、ノエルは混乱しすぎて悲鳴を上げることさえできずに固まってしまう。

彼が、ちゅぽっといやらしい音をたてて乳首を解放し、身を乗り出してうっとりと微笑んだ。

「ようやく目を覚ましてくれましたね。私一人が愉しんでいるようで寂しかった」

ノエルの脳が凍結して思考が働かず、何を言われたのか理解できなかった。なぜこうなっているのかと体を起こそうとしたが、全身に力が入らなくて焦る。それどころかお腹や腰が疼いて奇妙な焦燥感に苛まれた。

短くはない時間、執拗に快楽を注がれた肉体は甘く痺れており、本人の意思を裏切ってろくな動きができないのだ。

「やだ……なんで……」

蒼ざめるノエルを落ち着けようと、レイクヴィルが唇を塞ぐ。子どもをあやすように、幾度も吸いついては優しく舌を絡ませる。ノエルの呼吸を邪魔しないよう、ゆったりと。その甘くて穏やかなキスに絆(ほだ)されて、ノエルの精神(こころ)が落ち着いてくる。冷静さを取り戻せば、この行為が〝丸ごと食べる〟ことなのだと本能が悟った。理解すれば彼においしく食べてほしいと願った気持ちも思い出す。

おずおずと舌を差し出してみた。

レイクヴィルはノエルの動揺が静まったのを感じて、たっぷりと舌を絡ませてから、愛しげに唇へ吸いついて離れる。

「……気持ち悪くないですか？」

「え、どうして……？」

「起こした方がいいとはわかっていましたが、無防備なあなたが可愛くって、わざと眠ったままのあなたに手を出したので……」

生娘にすることではないと理解はしているため、レイクヴィルは気まずそうに顔を横へ逸らしている。そのまま尻目でチラッとノエルを見る姿は、怒らないでほしいと甘える子どものようだ。

そんな殊勝な態度を取られると、彼を可愛いと思ってしまうから怒るに怒れない。

「びっくりしました」

「すみません……」

レイクヴィルにギュッと抱き締められて、胸に触れるシャツの感覚や、素足に感じるスラックスの乾いた生地に違和感を覚えた。自分だけ素っ裸になってると。

しかも両脚をはしたなく広げて彼の体を挟んでいるから、猛烈な羞恥がこみ上げる。

「あの……、こういうときって、私だけ裸なんですか？」

「じゃあ私も脱ぎましょう」

「えっ」

異性の裸など父親でさえ見たことがないノエルは慌てまくる。しかしレイクヴィルがさっさとシャツを脱ぐから、鍛え抜かれた上半身を認めて、混乱よりときめきが勝って目が離せない。

騎士らしい体つきだと思っていたが、これほどたくましくて見事な肉体だとは思わなかった。胸板はくっきりと盛り上がり、腕にもしっかり筋肉がついて太い。どうりで女の体を軽々と膝の上に乗せられると納得した。視線を下げれば腹直筋が綺麗に割れている。

頼もしさと男らしさを感じさせる肉体美が意外すぎて、逆に混乱が落ち着いてきた。

しかし彼がスラックスを下着ごと脱いだとき、ノエルは「ひぅっ」と悲鳴を上げてしまう。急いで体ごと半回転して彼に背を向けた。

――なんなのあれ!?　あそこだけ皮膚の色が違ってて見たことない形をしてる！

存在さえ知らなかった男の象徴は禍々しくて、それがなんの役目を持つのか想像もできない。自分にとってよくないことが起きるような気がして、ぶわっと冷や汗が全身に浮かんできた。

己の体を抱き締めて怯えていると、レイツヴィルが背後から抱き締めてくる。優しい力加減と温もりに心がときめくものの、お尻に硬い存在を感じ取って慌てまくった。

「そっ、そんな変な形のものっ、どうするんですか⁉　引っ張るんですか⁉」

レイクヴィルが噴き出した。

「絶対に引っ張らないでください。これは男の急所なので、乱暴に扱われたら男は死ぬほど苦しみます」

「……そうなの？」

彼を苦しませたくない想いから、惑乱が少し治まってくる。

「はい。もし私のいないときに男が不埒なことをしようとしたら、股間を蹴り上げるといいですよ。相手は動けなくなりますから」

でも、私にはしないでくださいね。と彼が続けながらノエルのこめかみに口づけてくる。

「わかりました……その、優しく、扱います」

またもや背後でレイクヴィルが笑っている。

「じゃあ優しく扱ってくださいね。――こっちを向いて？」

最後の言葉は、おねだりを含んだ甘い囁きだった。

——そんな声、出さないで。

胸の奥が疼いて、彼に従いたいと願う気持ちが羞恥に勝る。おそるおそる顔だけ振り向けば、彼に体も回されて向き合うはめになった。

とっさに胸と脚の付け根を腕で隠すと、彼が膝立ちになって……ノエルの真正面、眼前に怒張する一物が差し出される。

ノエルの目が限界まで、それこそ目玉が零れ落ちそうなほど見開かれた。

こうして間近で凝視するソレは、ちらっと見たときより迫力が増している。肌は異様なほど赤黒くて筋が浮いており、腹部につきそうなほど反り返っている。先端部分は少し膨らんでつるりとした質感のようで、そこの窪(くぼ)みから体液が滲んでいた。

全体的に凶悪な見た目で、まったく可愛くない。ノエルは完全に硬直して体が震えた。

「……怖いですか？」

彼の声に、ほんの少し怯えが混じっていると察する。ノエルが我に返って見上げれば、情欲に呑まれた眼差しには、好きな人に拒絶されたくない想いが感じ取れた。

……そういうの、ずるいと思う。ノエルだって彼に背を向けられたら、泣き暮らして萎(しお)れただろうから慰めたいと思ってしまう。

「……怖いというか、恥ずかしいです」

「私も恥ずかしいですよ。裸なんて他人に見せることはないし」

「じゃあ、なんで……」

「好きな人と愛し合うのに余分なものはいらない。あなたとなら裸でも構わないし、あなたにしか恥ずかしい姿を見せられない」

レイクヴィルがノエルの手を取って男根へ導く。

ノエルは何をされるのかわからない恐れから、手を離したい衝動がこみ上げる。それでも必死に耐えて唇を引き結んだ。

「こうして、上下にこすって……」

彼の手が、肉の幹をつかむノエルの手をそっと覆う。肉茎の根元から先端のくびれまで、何度もこすって往復する。

「力を入れすぎると痛いけど、弱すぎても刺激が少ないですね」

「はっ、はいぃ……」

ノエルは目尻に涙を滲ませつつ、必死に肉槍を刺激した。

その懸命でいじらしい姿に、レイクヴィルは彼女に見られない高い位置で妖しく微笑んでいる。性について何も知らないノエルを穢す背徳感に、暴発しそうな快感を抑えていたりする。

「すごく、気持ちいい……」

陶酔する声に、ノエルは彼が悦んでくれたと胸が熱くなる。拙い手つきながらも、頑張って肉杭を扱き続けた。

「これで、いいんですか……？」

「上手です。でも舐めてくれたら、よりいっそう気持ちいい」

「なめ、る……」

ノエルは油が切れた機械人形みたいに、ぎこちない動きでレイクヴィルを見上げた。こちらを見下ろしてくる彼の目元は赤く、呼吸が荒い。興奮しているとノエルでもわかる姿からは、凄みさえ感じられるほどの色香がしたたり落ちていた。

見つめ合うだけでノエルの胸がどんどん高鳴ってくる。彼に煽られて昂って、おそるおそる亀頭に唇をつけてみた。皺一つないなめらかな先端へ舌の腹も添わせる。

それは不思議な感触だった。彼の肉厚な舌とも全然違う。

やり方はさっぱりわからないが、とりあえず舐めればいいのかと口淫を続けていたら、彼の手がノエルの頭部を優しくつかんだ。頭上から唸るような声が降ってくる。

「う……っ」

「えっと、大丈夫ですか……？」

やはり、やり方がおかしかったのだろうか。ノエルがうろたえていたら、彼に手首を握られて屹立から剝がされ、そのまま背後に押し倒された。

レイクヴィルの目がぎらついている。

「めちゃくちゃ興奮しました。あなたの細く美しい手が私のものを扱き、小さな舌で舐めているなんて……しばらくはこの記憶だけでヌけそうだ」

「……何を抜くんですか？　髪の毛ですか？」

彼は微笑むだけで答えず、「お礼をさせてくださいね」と告げながらノエルの膝裏をつかんだ。直後、いきなり両脚を限界まで左右に広げ、ノエルの体側へグッと倒す。体が柔らかいノエルは、羞恥と屈辱の姿勢をすんなりと受け入れてしまった。尻が浮き上がって女の大切な秘部が上向きになり、さらけ出される。

「きゃあぁぁっ！　やだぁっ、やめてぇ……！」

慌てて両手で局部を隠すものの、卑猥すぎる姿勢に涙が滲んできた。

「私のものをあなたに見せたでしょう？　だからあなたのも見せてください。これでおあいこですよ」

「えぇぇ……」

「私のだけ見て触って舐めるなんて、不公平だと思いませんか？」

まったく不公平ではないが、ノエルは基本的に人の言葉を疑わない。そのうえ信頼するレイクヴィルの言うことなら、「そうかもしれない」とか、「そういうものかな」と受け入れてしまう。

「でも、恥ずかしい……」

「私も恥ずかしかったですよ。けどすごく気持ちよかったから、あなたも私で気持ちよくなってください」

レイクヴィルが互いの指を恋人つなぎにすると、離れないようにしたうえで腕を巧みに使って、ノエルのM字になった脚を押さえ込んだ。

「手、離して……」

「私とこうするのは嫌？」

彼がちょっと寂しそうに言うから、へにゃんっとノエルは情けない表情になる。

「そういう言い方、しちゃ駄目……恥ずかしいだけなのに……」

顔を真っ赤にして涙目で訴えるノエルに、レイクヴィルは嬉しくてたまらない表情を見せた。彼はゾクゾクと背筋を這い上がる心地よさを味わいつつ、視線をさらけ出された蜜口へ落とす。

あられもなく開脚しているせいで、侵入者を阻むはばむ肉びらはほころびかけていた。まだ誰にも許したことがない秘所には、あふれそうな蜜が肉びらの間で糸を引いている。しかも発情した女の香りを放っていた。

恐ろしいほど煽情的な姿だ。

レイクヴィルは、すぅーっとノエルの香りを肺いっぱいに吸い込む。怒張した肉棒がぴくぴくと震えて、先走りの蜜がどんどん垂れ落ちた。

「はぁ、たまらない……」

恍惚を滲ませる呟きを漏らしつつ彼が背中を屈める。

その端整な顔が股座(またぐら)に近づくから、まさか、とノエルは目をみはった。

「えっ、駄目……!」

制止の声を聞き流されて、秘所にぬるついた硬いものが這い回る。レイクヴィルが蜜口を舐めていると、ノエルは目で見ていながら頭では理解できなかった。

すぐに卑猥な刺激で我に返るが、混乱の極みに落とされたノエルは感じ切った声を漏らすことしかできない。

「だめ、そんな……、あぅ、はっ、ああ……っ、まって、ほんとだめなの、きたないっ」

首を左右に振って拒否しても、彼の舌は止まらない。蜜口の輪郭を確かめるようになぞり、尖らせた舌先で蜜芯を根元から嬲ってくる。

ノエルは局部で舌を感じるたびに、甘ったるい喘ぎが漏れて恥ずかしかった。舌技から逃れようと身をよじるが、両手を拘束され、両脚を押さえつけられている状況では、腰を揺らすぐらいしかできない。

あまりのことに気を失いたいと思ったとき、陰核をきつめに吸われた。鋭い痺れが背骨を伝って脳天へと疾走する。

「はぁう……っ！　やぁっ、それっ、だめぇ……」

どんどん下腹が疼いてグズグズになってきた。溶けてしまいそうに体が熱くて、徐々に思考が霞がかってくる。

レイクヴィルが粘ついた水音をたてながら、舌を蜜路に埋めてまさぐってきた。

「んぁ……はぅっ、あ……んんぅ……っ」

膣孔の粘膜と蜜芯を交互に嬲ってくるから、感じ入る声が止まらない。しかもだんだん局部から何かがせり上がってくる。

「やっ、こわい……っ、なに、やだぁ……」

腰をカクカクと震わせながら身悶える。じれったい感情にも似た何かが膨らんでいるようで、破裂する恐怖に涙を零しながら身をよじってもがく。

「ああ、イきたくてもイけないんですね」

体を起こしたレイクヴィルが両手を解放し、己の濡れた唇を腕で乱雑にぬぐう。

「どこに、いくの……？」

「んー、いいところへ」

はぐらかすように告げた彼が、近くにある大きな枕を手に取ってノエルに渡す。

「これをつかんでいてください」

「どうして……？」

「何かつかむものがあった方がいいので」

言うやいなや、指を一本、蕩けた膣路に沈めてくる。舌よりも硬くて長い感触は異物感を連れてくるから、ノエルは苦しげに呻いた。

「んんん……っ」

蜜路を探るように、指が縦横無尽に動き回る。

ノエルはぎゅっと枕の生地を破りそうな勢いでつかみ、顔を押しつけて恥ずかしい喘ぎ声を吸わせる。確かにつかむものは必要だったかもしれない。仰向けで縋るものがないと、一人だけの世界に置き去りにされたような気分になるから。

「んっ、ん……んんぅっ、んくっ、んはぁっ、あぁぅ……」

レイクヴィルはノエルの様子を見ながら、慎重に肉洞をまさぐっていた。手首を回して媚肉をすみずみまでほぐし、ノエルが反応しやすい箇所を探っている。

くいっと鉤状に曲げた指先が、腹側にあるざらついた膣襞をこすったとき、ノエルは枕に噛みついて呻いた。

「くうぅ〜〜〜っ！」

ノエルの体が震えて、とろりと蜜を生み出す。透明な粘液は男の指を淫らに濡らし、泣き処がここであると彼に伝えてしまう。

このときノエルの耳が、嬉しそうに笑う彼の声を拾う。直後に節くれ立つ指が活発に蠢いて、恋人を崖っぷちへと追い詰めていく。

「んあぁ……っ、やめてぇ……あっ、ああんっ、こわい……っ」

「大丈夫、怖いんじゃなくて気持ちいいんですよ」

レイクヴィルが空いた方の手で、ノエルの頭部を優しく撫でる。その感触にノエルは枕から顔をずらし、片目だけでそっと彼を見る。

「うそ……こわい……」

「初めてだから怖いだけで、一度イけば気持ちいいってことに気づきますよ」

だからどこに行くんだろう？　とノエルは再び疑問を覚えるが、すぐにそんなことを考える余裕はなくなった。彼の指が蜜の助けを借りて抜き差しされるから。

「あっ、あぁん……っ」

ぎゅうっと枕を抱き締めると体も力(りき)んでしまい、下の口でしゃぶる指まで締めつけてしまう。肉襞が指に絡み、爪の硬さや関節の位置、指の長さや太さまでリアルに感じさせるから恥ずかしい。

しかも彼が上半身を倒し、またもや蜜芯に吸いついて舌と唇で扱いてくる。

「あっ！　やぁっ、ああん！」

形容しがたい感情が再びせり上がるから、やっぱり怖い。でも彼の指が動くたびに腰が痺れて力が抜けて、ドロドロに溶けてしまうような感覚に襲われて、逃げられない。

しかも泣き処を集中してこすりながら蜜芯をしゃぶるから、狂おしい刺激が体の中で渦を巻く。出口を見つけたいのに見つからなくて、もうすぐ破裂しそうだった。

もう我慢できない――

「んうぅーっ、あっ、あぁ――……」

癒しの魔力とは違う白い光が明滅する。一瞬、体が宙に浮いたような感覚の後、ベッドに沈んで激しい呼吸を繰り返した。

「ああ、すごくいい顔……」

レイクヴィルの夢心地な声に瞼を持ち上げると、彼がこちらを見つめながら恍惚の表情になっている。

「あなたのそんな顔が見れるなんて、私は一生分の幸運を使い果たしたとしても惜しくはない」

しゃべりながら自分の屹立に何かをかぶせている。ノエルがぼんやりと視線を向けると、薄い膜のようなものだった。

ノエルの眼差しに気づいたレイクヴィルが、「ああ」と呟く。

「避妊具ですよ。これも先代聖女がもたらした知恵の一つです」

「ひにん……？」

とはなんだろう？　ノエルがこてんっと首を傾げると、その愛らしさにレイクヴィルが目を細める。

「あとで教えてあげますよ。今はちょっと私がまずいので――」

「あっ」

脚の間に陣取る彼がゆっくりと腰を進めてくる。太くて長い肉棒が、指を入れられた脚の付け根へ押し入ろうとしている。

「いっ、あ……っ」

強烈な痛みに襲われて、かすれた悲鳴がノエルの喉からほとばしった。

――やっ、大きい……っ、そんなの入らない！

肉の杭を打ち込まれて、下腹の内臓が裂ける予感に血の気が引く。死に物狂いで逃げようともがくけれど、絶頂の余韻で力が入らずたいして動けない。

しかもレイクヴィルの両手が、ノエルのくびれた腰をガッチリつかんでいる。絶対に逃がさないとの意思を感じさせる力に、ノエルはボロボロと涙を零した。

「痛いですよね……すみません、ここだけは耐えてください」

殊勝に謝るレイクヴィルだが、引く気はかけらも見せなかった。ゆっくりと腰を前後に揺らしつつ、肉杭に蜜をまとわせて少しずつ隘路(あいろ)を貫いてくる。

彼の太さまで引き伸ばされた蜜口から、破瓜(はか)の血が垂れて白い肌に筋を描いた。

「ううぅ……っ、いたぃ……むり……」

快楽で霞がかっていた意識は、痛みと圧迫感によって完全に目が覚めていた。何度か瞬きをすれば涙が止まって視界が鮮明になる。

レイクヴィルを見上げると、眉根を寄せて歯を食いしばり、額に汗を浮かべて何かに耐えている。

「もうちょっと、で……」

「いたい、の……?」

大切な人が苦しんでいるようで、自分の痛みをそっちのけにして案じてしまう。

レイクヴィルがふわりと微笑んだ。

「優しいですね、あなたは……私はただ気持ちいいだけです。快楽しか感じない」

彼がさらに腰を突き出し、極太の陰茎を強引に膣道へ飲み込ませた。

「くうぅ……っ」

下腹部が痛みと苦しみでひどく熱い。体を真っ二つに引き裂かれるような恐怖に、ノエルは歯を食いしばる。それでも彼が苦しくないと知って心から安堵した。

「んぅっ、いたくないの、ほんとう……?」

「ええ。あなたにだけ痛い思いをさせてすみません。全部入りました。――これであなたは私のものです。私だけのもの……」

レイクヴィルが嬉しそうに、でもほんの少しあくどい気配を滲ませて微笑む。

ノエルの方はこれで彼に食べられたのだと悟り、幸福に胸を熱く染める。多幸感で痛みがまぎれて、まともな思考が戻ってきた。

「……団長様、ちょっとだけ目を閉じててください。絶対に開いちゃ駄目……」

いいですよ、とレイクヴィルは素直に瞼を下ろす。彼の黒い瞳が見えなくなってから、ノエルは自身に治癒魔法をかけた。

虹色の魔力が腹部を中心にして光り輝き、あっという間に痛みが引いていく。おかげで咥え込んだ肉茎が、びくびくと跳ね上がっているのを感じ取ってドキドキした。

それに彼の分身は太くて長くて硬く、ノエルの膣路を内側から拡げるほどで、媚肉が隙間なく密着して雄々しさを伝えてくるから恥ずかしい。

しかもめいっぱい開脚して、脚を閉じたいのに閉じられない状況は居たたまれない。

「あんっ、はぁ……あの、もういいですよ、目を開けても」

なぜかレイクヴィルは目を開けなかった。しばらくしてからやっと瞼を持ち上げたら、端整な顔に複雑で形容しがたい表情を浮かべている。

「どうしました？」

「……あなたが致命的なまでに無防備で、ものすごく危なっかしいことを再確認しました」

「えっ」

何か責められることをしただろうか。疑問と驚きに思わず力んで、彼のものを締めつけてしまう。

「ウッ……」

レイクヴィルが壮絶なまでに色っぽく呻き、天を仰いだ。喉仏を剝きだしにする姿勢に、ノエルは動悸が激しくなるのを感じる。

太い腕で額の汗をぬぐう仕草さえも素敵だ。この一瞬を切り取って額縁に収めたくなる。今は彼が恋人であるものの、やはり推し様でもあると再認識した。

能天気なことを考えるノエルだが、レイクヴィルは大きく息を吐いて興奮を落ち着け、ゆっくりと腰を振り始める。

「んっ、あぁ……」

ノエルは肉槍が抜かれると、粘膜を引きずられる感覚に背筋が震える。突き入れるときは、狭い秘筒を強引にこじ開ける感覚にゾクゾクする。

それが順に絶え間なく襲ってくるから、痛みさえなくなれば気持ちいいとしか……快楽しか感じなかった。

——団長様と同じ……私も気持ちいい……

好きな人と同じ感情を分かち合っていることが嬉しかった。心が猛烈に昂って体が熱くなり、媚肉がきゅんきゅんと締まって肉竿を刺激する。

「ハッ、きつ……」

鮮烈な快感を浴びたレイクヴィルが、思わずといった体で前屈みになって喘ぐ。結合部に彼の体重がかかり、子宮口を押し上げられたノエルは感電したかのように痙攣した。

「んああぁ……っ！」

今まで生きてきて初めて感じる悦楽に、目をカッと開いて仰け反る。反射的に自分をいじめる陽根をいじめ返すようにきつく締め上げ、大量の蜜を滲ませた。

おかげで彼が腰を振ると、ぐしゅぐしゅといやらしい水音を奏でてシーツに液溜まりを作る。潤沢な蜜が剛直の滑りをよくして、どこにも引っかかることなく抽挿が続く。どんどん彼の腰の動きが速くなり、屈強な肉体が音をたててノエルに打ちつけられた。

「んぁっ、ああっ、はんっ、んっ、ふあぁ……っ」

ベッドが軋むほど激しく揺さぶられ、痺れるような快感が四肢へと拡散する。嬌声を上げて身悶えるノエルの肢体が跳ね上がった。

「あっ、だめっ、なにかっ、やぁ……またっ、きちゃう……っ」

その声にレイクヴィルがますます興奮して律動が激しくなる。最初はノエルを気遣っていた腰使いが、徐々に自分本位となって蜜路を好き放題に攻め立てる。やがて余裕をかなぐり捨ててガツガツとノエルを貪る。

その勢いにノエルは恐れを感じ、レイクヴィルに両手を伸ばした。

「やぁっ、はげしぃ……っ」

すぐさま彼が抱き締めてくれたから、縋りつくように彼の広い背中へ腕を回す。飛び散る汗が混じり合って、体温と共に部屋の温度を上げるかのようだった。

このとき。

「——サイラス、と」

レイクヴィルが突き上げながらノエルの耳元で囁いた。

惑乱するノエルはまともな反応ができないでいる。

「えっ、あっ、はぁっ、ああんっ」

「あなたには名前で呼んでほしい。団長ではなく、サイラスと」

ノエルは朦朧としながらも、その名前に心当たりがあった。

——サイラスって、第二王子殿下のお名前……

それ以上は考えることができなかった。彼が声を塞ぐように唇を重ねてきたから。

呼んでほしいと言いながら、まるで呼ばれることを恐れるかのように。

「くふぅ……んっ、んふ……っ」

根元から舌を絡ませて突き上げるから窒息しそうだ。けれど上も下も彼に塞がれて一つになったみたいで、一人ぼっちだった心が愛する人で満たされる。

己の一部となっていた孤独が孤独でなくなるようで。

これが人を愛することなのだと感動し、止まっていた涙が一筋、目尻から垂れ落ちた。

それに気づいたのか彼の唇が離れていく。

揺れる視界に映る彼――サイラスから激しい情欲の眼差しで射貫かれ、魂が囚われたと思った。

「……サイラス、さま……」

喘ぎながら彼の真名を初めて呼んだとき、サイラスが呻いてノエルの首筋に顔を埋めた。

言葉を発する余裕もなく、恋人のナカへ熱い想いをたっぷりと吐き出す。

同時にノエルも快楽の頂点へと駆け抜けた。しかも愛する人に気持ちよくなってほしいと、肉襞は収縮を繰り返して彼の熱を搾り取ろうと蠢き続ける。

サイラスが耳元で呻き、屹立がびゅくびゅくと何かを放っている。

その感覚を拾ったあたりでノエルの視界が濁った。間近にある彼の耳朶に赤い珊瑚を認めた途端、なぜか安心して瞼が下がる。

男の重みを受け止めながら意識を手放した。

第三話

ゆっくりと眠りの世界から現実へ戻ったノエルは、ぼーっとしながら辺りを見回した。見たことがない部屋の内装に首をひねる。

——ここ、どこだったかしら……？

ベッドの端に行こうと寝返りを打ったら体がギシギシする。腰がとてもだるくて脚の付け根はジンジンと痺れを感じた。

なぜこうなっているのかと考えたとき、昨夜のことを思い出して勢いよく起き上がる。

「あいたたたた……っ」

全身が筋肉痛のような痛みに襲われて呻く羽目になり、すぐさま治癒魔法を使う。こういうときは本当に便利な能力だと痛感した。

——女神様、癒しの魔力を与えてくださってありがとうございます。

素っ裸であるがベッドの上で祈りを捧げる。朝の礼拝には遅い時刻かもしれないけれど、女神への祈りは欠かすことはできない。

しかしベッドにいるせいか集中できなかった。不埒な記憶が脳裏に浮かんで。

——昨夜はなんかすごかったわ。

サイラスとの濃厚で濃密な時間は、思い出すだけで頭の中が煮え立って鼻血が出そうになる。誰にも見せたことのない秘部を全開にして、彼の肉体の一部を受け入れて――

「あぁ～っ！　どうしても思い出しちゃう！」

頭を抱えて蹲り、羞恥と混乱でジタバタと身悶える。

このときドアがノックされて、トレーを持ったサイラスが入ってきた。

ノエルは急いでシーツの中に頭まで隠れる。彼は騎士団の制服を着ているのに、こちらは全裸なのだ。

「ああ、起きていましたか。おはようございます」

ノエルの惑乱に気づいていないのか気にしていないのか、いつもの歩調で靴音が近づいてくる。

萎縮するノエルは、テーブルにトレーを乗せる音と、彼がベッドに腰を下ろす気配に、心臓が破裂しそうなほど高鳴って痛かった。

「体はつらくありませんか？」

「だっ、だいじょぶ、です……」

焦るあまり変な言葉になった。すごく恥ずかしい。

ふと、彼の大きな手がシーツの上から頭部を撫でてくる。その優しい手つきには余裕が感じられるから、自分だけ動揺しているのが情けなくなってきた。まるで小さな子どもになったみたいで。

「よかった。あなたを大切にしたいと思っているのに、あまりにも可愛くて羽目を外してしまいました。すみません」

好きな人から、大切にしたいとか可愛いとか言われて心がぽわぽわする。ノエルは迷いながらもシーツからそっと顔を出した。

目が合った彼は爽やかでまぶしい笑顔を浮かべている。

「ああ、ようやく顔を見せてくれた」

嬉しそうな声は心からそう思っていると感じさせるから、自分もまた嬉しくてドキドキする。彼の整った顔が近づいてくると、素直に唇を受け入れた。

触れるだけの優しい口づけに、ノエルはもの足りなさを覚えて黒い瞳をじぃっと見つめてしまう。無自覚な色香が零れ落ちていることに気づかないまま。

目元を赤くするサイラスは気まずげに視線を逸らした。

「……そんな目で見ては駄目です」

「どうして……?」

自分でもおかしいと思うほど甘い声が漏れた。まるで、昨夜のように裸で絡み合いたいと、はしたなくおねだりするみたいに。

「昨夜はあなたに無理を強いたので、今日はゆっくり休んでください」

誘惑を振り切るようにサイラスは立ち上がり、バスローブを差し出してくる。そして紅茶を淹れてノエルに渡してくれた。

「朝食は食べられますか?」

ノエルは首を左右に振る。胸がいっぱいで空腹を感じない。彼が手ずから淹れてくれたお茶で十分だ。

「私は仕事があるので騎士団へ向かいますが、あなたはうちの従僕が送ります」

名残惜しかったが、仕事というなら引き止めるわけにはいかない。ノエルは小さく頷いた。

「薬の購入のときにお会いできますか?」

するとサイラスが渋い表情を見せる。

「少し慌ただしくなると思うので、部下に任せることになります」

「そうですか……」

仕方がないことなのでノエルは再び頷いた。彼の休日が待ち遠しい。

「手紙を出します。エイマーズ夫人にもあなたの様子を見てもらうよう頼んでおきますね」

サイラスはノエルの額にキスをして去っていった。その後ろ姿を見送ってノエルはぼんやりとする。

――行っちゃった……もうちょっと早く起きていれば、もっとお話できたのに……

寝坊した自分が恨めしい。やるせないため息を漏らしたとき、扉がノックされて家政婦のマットナー夫人が顔を出した。

ノエルは羞恥から再びシーツに潜り込む。

「おはようございます、お嬢様。朝食は召し上がらないと聞いていますが、湯浴みはいかがですか?」

バスルームに着替えも用意してあるというので、ありがたく使わせてもらうことにした。温かいお湯に浸かりながらノエルは思う。

――やっぱりあの人、王子殿下なのかしら……というか絶対に第二王子殿下よね。黒髪黒目の二十代半ばの貴人で名前がサイラス。これで第二王子でないはずがない。

――それならどうして無能な遊び人って噂が流れていたのかしら。ありえないわ。

サイラスは騎士団長として精力的に働いている。薬を買いに来る騎士たちも彼に敬意と信頼を向けていたし、純粋に慕っているのを感じられた。世間の噂とまったく違う。

そして彼はこの屋敷で暮らしているようだったが、王城に帰らなくても大丈夫なのだろうか。

――私のこと、どれだけ知っているのかしら。

ノエルは召喚後からずっと第一王妃の離宮に軟禁されていたため、第二王子については噂でしか知らなかった。

だからノエルは第二王子の顔を知らないいし、彼もまた聖女の顔を知らないはず。サイラスと広場で出会ったのは偶然だ。

ただ、出会いが偶然だとしても、自分が聖女である事実は変わらない。

——サイラス様は、私が聖女だと知ったらどうするの……？

王族として城へ連れ戻し、王太子に引き渡すのだろうか。

そう考えた途端、ゾクッと背筋が震えて皮膚が粟立った。先ほどまで胸が弾んでいたのに、じわじわと黒い靄が広がって息苦しさまで感じる。

サイラスはノエルが手に入るなら、すべてを捨てても構わないと告げた。けれど王族が身分を捨てるなど不可能だ。それともこの国には特例でもあるのだろうか。

……どれだけ考えても難民のノエルにはわからない。彼の次の休みに本人へ聞くしかない、と思考を打ち切った。


約束通りサイラスからの手紙は毎日届いた。恋人を気遣う内容と、早く会いたいことをストレートに記す情熱に、ノエルは一人の寂しさと彼に対する不安が和らいだ。

そして夜を共にした六日後、届いた手紙には、『明日会いに行きます』と書かれていた。

待ちわびた知らせに喜び、その日の夜は早い時刻に戸締まりをしてベッドに入る。

ノエルは寝つきがいい方だが、その日はサイラスと会える期待感でなかなか寝つけなかった。それでも一時間ほどすれば、ようやくウトウトしてくる。

だが眠りに落ちようとする寸前、誰かの気配が近づいてくるのを感じた。

——サイラス様……？

もう彼と会う時刻だろうかと、喜ぶ心が覚醒をうながす。直後、今は夜中で、一人暮らしの施錠した家に何者かの気配がすることに思い至る。

「誰っ⁉　……もがっ！」

悲鳴を上げようとしたノエルの口が手で塞がれる。黒ずくめの侵入者は複数いるのか、暴れるノエルの腕が背中側で縛られた。しかも猿轡で声を封じてくるから、恐怖で心臓が痛いほどの鼓動を打つ。

——まさか追っ手⁉

ここ最近、サイラスのことばかり考えて、自分がお尋ね者であることを完全に忘れていた。身辺に不穏な気配をまったく感じなかったのも油断につながった。

背中にドッと冷や汗が噴き出てくる。

——城に連れ戻されたらサイラス様に会えない。しかも王太子の公妾にされる……っ。

嫌悪感で必死に暴れるが、ノエルの抵抗など賊はものともせず、肢体を軽々と担ぎ上げた。

「グゥ……ッ」

肩が腹部に食い込んで苦しい。それでも大人しく連れ去られるわけにはいかないともがいていたら、家の外に連れ出されたときに誰何の声が放たれた。

「何者だ貴様らッ！」

いきなり剣と剣が打ち合う激しい音が辺りに響く。ノエルを担いでいる賊が、「くそっ、第一騎士団か」と忌々しそうに舌打ちする。

――第一騎士団ってサイラス様⁉

なぜこんな夜に彼がここにいるのか。いや、辺りに響く怒声の中にサイラスの声は聞き取れない。周りを見回しても月のない夜は暗くて誰がいるのかわからない。

狭い庭で乱戦になったとき、ノエルを担いでいる賊が仲間に叫んだ。

「あれを使え！　聖女はなんとしても連れ帰るぞ！」

直後、強大な魔力のうねりを感じたノエルは息を呑む。

――魔道具だわ！

赤い閃光がほとばしって絶叫が響いた。血の匂いも漂ってきたため、攻撃用の魔道具を使ったのだと察する。おそらく火の魔法を使う殺傷力の高いものだ。

再び魔力を帯びた閃光が走って、吹き飛ばされる騎士の姿が赤い光の中に浮かび上がる。そして地面に転がって動かない騎士の姿も。

――まさか、サイラス様⁉

そう思った瞬間、躊躇なく癒しの魔力を全開にした。

自宅の敷地よりも広い範囲魔法を一気に放つ。夜の闇を払うほどの虹色の光が辺り一帯を包んだ。

――お願い死なないで……！

命さえ失われていなければ、己の魔力はどんな深手でも治癒できる。死の一歩手前でも回復させられる。だが死んでしまったら治癒魔法は効かないのだ。死者を蘇(よみがえ)らせることはできない。

「なんだこの光は⁉」

「クソッ、癒しの魔力だ！」

「奴らが回復する前に撤収しろ！」

賊たちが慌ただしく駆け出して馬に飛び乗る。ノエルも荷物のように馬に乗せられた。

疾走する馬の振動が体に響いて苦しい。それでも女神へ、騎士たちの無事を祈り続けた。

かなりの速度で走り続けると、揺れるノエルの視界に王城の城壁が迫ってきた。

必死に逃げ出したここへ戻ることになるとは、絶望からノエルは泣きそうになる。しかし賊に泣き顔を見られるのが屈辱で、噛まされた布地を歯で食い締めて嗚咽(おえつ)をこらえた。

裏門をくぐって敷地内に入ると、人気のない場所で馬から降ろされて再び担がれる。やはり腹部が圧迫されて脂汗をかくものの、馬で揺さぶられていたときよりましだった。

運ばれている間にノエルは思考を巡らせる。

賊は自分を聖女だと認識していた。いったいいつ露呈したのか。

そして襲撃に合わせて第一騎士団が現れたということは、彼らはノエルのもとへ賊が来ると知っていたことになる。

つまり、ノエルの正体を見破っていた可能性が高い。

——私が聖女だって、いつ気づいたんですか、サイラス様……

彼との出会いから今日までのことが脳裏に浮かぶ。聖女だとわかっていながら知らないふりをしていたのかと、私を騙していたのかと、ショックで我慢していた涙が零れ落ちる。

——好きだと言ってくれたのも、油断させるためだったの……？

そんなはずはないと心が悲鳴を上げる。自分に向けてくれた気持ちは偽りだとは思えない。何か理由があって、聖女だと知っていながら黙っていたのだと信じたかった。

それでも彼の真意がわからなくてひどく心が痛い。泣きたくないのに涙が止まらないのもつらかった。

メソメソするノエルが連れていかれたのは、王城から少し離れた位置にある塔の一つだった。

運ばれた先は四階で、賊はノエルを絨毯が敷かれた床に下ろし、猿轡と拘束している縄を外すと素早く部屋から出ていく。すぐさま鉄扉に鍵がかかる重たい音が響いた。

一人になったノエルは、拘束されて痛む節々を魔法で癒すと部屋の中を見回す。ベッドやチェストなどの家具は、装飾が控えめであるものの上等な品ばかりだ。室内はホコリやカビの匂いも感じられず、きちんと手入れが行き届いている。ただ、四つある窓のすべてに鉄格子がはまっていた。

おそらく貴人を幽閉する牢なのだろう。

罪人用の地下牢にぶち込まれるより、まだましな扱いではある。でも今度こそ逃げられそうにないから心が急速に冷えた。唇を引き結んで再びせり上がる涙をこらえる。

このとき自分の体を見下ろして、寝間着(ナイトウエア)しか着ていないことにやっと気づいた。こんな姿を賊たちに見られたのかと、慌ててクローゼットを開けたが空っぽだ。

――まさかこの格好で過ごせって言うの⁉

シーツを体に巻きつけるべきかと腹立たしく思ったとき、扉の外から複数の足音が近づいてきた。鍵が開けられる音が響き、ゆっくりと開いた鉄扉から現れたのは王太子である。

ノエルは悲鳴を上げて震え上がった。

――嫌、来ないで……

王太子の方はノエルの反応を見て、不機嫌そうな顔つきで吐き捨てる。

「貴様、俺を見て悲鳴を上げるなど不敬だぞ！　王城から逃げ出した罪人のくせに！　おまえのせいで俺がどれほど迷惑を被ったか！」

王太子が肩を怒らせて近づいてくる。恐怖で動けないノエルの髪をつかみ、乱暴に持ち上げた。

「しかもなんだこの髪は!?　みすぼらしい色に染めたうえ、これほど短くするとは！」

「やめ、て……」

髪の毛が何本かブチブチと抜ける。痛みと恐怖でノエルが苦悶の表情を浮かべると、それに満足したのか王太子は肢体を物のように床へ倒した。

「貴様のせいで近衛が城を出る羽目になり、どれほど迷惑をかけたかわかっているのか!?　生涯、その身で償ってもらうからな！」

激昂する王太子は、ふと何かに気づいたような顔つきになり、ノエルの胸ぐらをつかんで強引に持ち上げた。

「おかしいな、前より見れる顔になったじゃないか」

不思議そうにノエルの顔をジロジロと観察する。

王宮にいた頃のノエルは、心労で食欲がなく、やせて顔色も悪く不健康そうに見えた。今はおいしいものを食べて心身ともに健康になり、血色もよくなっている。

しかもサイラスに恋をしてからというもの、少しでも彼にとって可愛い女性でありたいと、己の手入れを欠かさなかったため肌も髪も艶がある。

そのうえでサイラスに女として愛されたことで、抑えきれない色香が自然と滲んで、無意識に男を惹きつけていた。まるで虫が花の蜜に引き寄せられるかのように。

いやらしく笑う王太子が舌なめずりする。

「ふんっ、これだけ美しいなら側妃に格上げしてやってもいい。喜べ」

嘲笑いながらノエルの腕をひねり上げると、ベッドに引きずり込もうとする。

ノエルはゾッとして全身に鳥肌が立った。今の自分はその先の行為を知っている。男と女がベッドで何をするのかを。

でもそれはノエルにとってサイラスとの幸福の記憶だ。王太子となど死んでも嫌だ。

――触らないで！　サイラス様、助けて……っ！

愛する人の顔を思い浮かべた瞬間、彼と過ごした夜に言われたことを思い出す。

『もし私のいないときに男が不埒なことをしようとしたら、股間を蹴り上げるといいですよ。相手は動けなくなりますから』

王太子に対して恐怖で萎縮していても、絶対に肌を合わせたくないとの強い意志によって体が動いた。ベッドへ押し倒されそうになった直前、男の局部を思いっきり蹴り上げる。

「ぎゃあああああああああぁぁっ!!」

王太子が断末魔のそれにも似た絶叫を上げた。床に倒れ込んでゴロゴロと転がって悶えている。

その暴れっぷりに、そこまで痛いのかとノエルは罪悪感がこみ上げた。

このとき扉の外で激しい争いの声が響く。

——えっ、何？　今度は何が起きているの？

ノエルは初めて人を物理で傷つけたことに動揺し、オロオロすることしかできない。

数秒後、扉の外が静かになった途端、もどかしげに鍵を開ける乱暴な音が聞こえてくる。

重たい鉄扉が開くとサイラスが飛び込んできた。

「イームズさん！　無事ですか!?」

「サイラス様！」

駆け寄ってくるサイラスに、ノエルもまた走り出して抱きついた。涙が濁流のようにあふれ出る。

「何もされてないですよね!?」

「はいっ」

「よかった……すみません来るのが遅れて。あなたを守れなくて……」

ぎゅっと痛いぐらいの力で抱き締めてくれるから、賊が家に侵入したときから叫びたいほど不安だった心が慰められる。

それでも涙が止まらなかった。あなたは悪くないと、こうして来てくれたから嬉しいと言いたいのに、しゃくり上げて言葉を話せない。

サイラスはそんなノエルの背中を優しく撫でてくれる。全身で感じる彼のぬくもりと優しさに、少しずつ気持ちが落ち着いてきた。

しばらくするとベッドの方から呻き声が聞こえてくる。

「さい、らす……」

王太子が床に転がったまま、股間を両手で押さえて背中を丸め、脂汗を浮かべつつ睨んでくる。

サイラスが素早くジャケットを脱いで、ノエルの体を隠すように着せた。そういえば寝間着姿だった。

「なぜ、おまえが、せいじょを……」

サイラスは王太子の様子から、彼の身に何が起きたのか悟ったようだ。ノエルの頭部を撫でつつ、「よくできました」と笑顔で褒める。

ノエルは頬を染めて嬉しそうに微笑んだ。

こんなときだというのに二人の世界を作っているから、王太子が呪詛の声を漏らす。

「きさまらぁ……ぐあぁっ、おれを、なんだと……ぐおぉっ」

局部の痛みが強すぎるようで、とぎれとぎれの言葉は意味をなさない。いまだに悶絶している。

男の情けない姿をサイラスは冷めた目で眺め、ノエルから離れて王太子へ近づいた。

「いいざまですね、兄上」

その言葉でノエルは彼の真の身分を知った。

――本当に第二王子殿下なんだ……

己が苦手とする王族の一人なのだと、複雑な感情が胸の奥で渦巻いて落ち着かない。ノエルがうろたえていたら、唐突にサイラスが手袋を脱いで王太子の顔に叩きつけた。その意味を知るノエルは短い悲鳴を上げる。

「兄上、決闘を申し込みます」

「な、ぜ……」

「なぜ？　愛する女性を侮辱されて黙っている男などいません。容赦しませんので遺書をご用意ください」

はっきりと殺意を見せるサイラスにブチ切れたのか、王太子のこめかみに青筋が浮かんだ。

「きさまぁ……っ」

「――その申し出、確かに見届けました」

王子の間に割り込んだ声は、張り詰めた空気を蹴散らすほど凛としたものだった。振り返ったノエルは目をみはる。

黒髪黒目の美しい女性が、開扉した入り口のところに立っていた。

サイラスがすぐさま姿勢を正して騎士の礼を取る。王子が首を垂れたことで、彼より上位の王族だと察した。そのうえでこの色彩ならば第二王妃だろう。

——この方がサイラス様のお母様。

ノエルもとっさにカーテシーをした。寝間着なので不格好だが。

「二人とも、それ以上争うことは許されませんよ。聖女様はわたくしが預かりますので、ここはお引きなさい」

「……だいに、おうひ……せいじょは、おれが……」

王太子が苦悶の表情で訴えている。本当に男性の股間は弱点だったようで、床に転がったままいまだに立ち上がれない様子だ。

第二王妃は素っ気ない視線を王太子へ向ける。

「聖女様の後見人はわたくしです」

「しょうかん、したのは、おれだ……！」

「陛下の決定に異議を唱えるおつもりですか？」

憎々しげにこちらを睨んでくる王太子だったが、それ以上ごねることはできないのか、唇を引き結んで顔を伏せた。

第二王妃は王太子を歯牙にもかけずノエルに近づいてくる。

——お綺麗な方だわ。

顔立ちはサイラスとそれほど似ていない。けれど髪と瞳の色が同じせいか、雰囲気がとても似ていると感じた。そして彼女もまた珊瑚のピアスをはめていることに気づく。

「はじめまして、聖女様」

ふわりと微笑む表情が、同性でも見惚れてしまう美しさだった。

「はっ、はい、はじめまして……」

「我が国が身勝手にあなた様を召喚しておきながら、逃げ出すほどおつらい目に遭わせてしまい、心よりお詫び申し上げます。もう二度と聖女様のお心を煩わせることはしないと、アシュリー・ライズヘルドの名に懸けて誓いますわ」

ノエルは頷きつつも、なんとなく王太子の方が気になってしまう。彼がいる場で王妃が謝罪するのは、本人への皮肉ではないだろうか……

案の定、王太子は呪ってやりたいと言わんばかりの顔つきで睨んでくる。たいへん恐ろしいので、ノエルは彼の存在を忘れることにした。

「ありがとうございます。第二王妃殿下のお心遣いに感謝いたします」

「今後はわたくしの離宮に滞在していただきますわ。ご安心ください、何者もあなたを害することはありません。わたくしが責任を持ってお守りしましょう」

……なんだかむず痒い。王族が聖女に対して敬意を払うのが意外すぎて。この国ではそれが正しいようだが、そんなふうに扱われたことがないノエルは居心地が悪かった。

第二王妃――アシュリーは聖女の動揺に気づかないふりをしているのか、笑顔でノエルを部屋の外へとうながす。そこでノエルは大いにためらった。

「えぇと、靴を貸していただけると助かるのですが」

寝ているところを拉致(らち)されたため素足なのだ。ここは絨毯が敷かれているので気にならなかったが、裸足(はだし)で外を歩きたくない。

まあ、と目をみはったアシュリーがサイラスへ目配せをする。彼は小さく頷くと、ノエルを横抱きに持ち上げた。

「わっ、サイラス様、重いので下ろしてください」

「あなたは羽のように軽いですよ。私に聖女様を運ぶ栄誉を与えてください」

間近で蕩けるような笑顔と眼差しを向けられ、照れてしまうノエルは大人しくなった。

しかし入り口のところに立つ、白い制服を着た者たちが近衛騎士だと悟って萎縮する。

王城にいる間、己の監視をしていた彼らに対して苦手意識を抱いていた。

サイラスに縋りつくと、彼はあやすような声で囁いた。

「大丈夫。彼らは第二王妃の護衛なのであなたを傷つけません」

それでも白い制服を見ていると冷や汗が出る。しかも部屋の外に出た途端、悲鳴を上げそうになった。自分を攫った賊らしき黒ずくめの男たちが、何人も床に転がって呻いているのだ。血が流れていないため剣で斬り合ったのではなく、素手で殴り倒されたようだ。

「この人たちは……」

「王太子の配下です。聖女様を拉致した罪で処分しますから安心してください」

「処分、とは、何を……？」

蒼い顔のノエルがおそるおそる彼を見れば、目が合ったサイラスはとてもいい笑顔でこちらの問いを聞き流した。恐ろしくてそれ以上のことは聞けなかった……

螺旋階段を下りて塔の外に出ると、王城の方から騎士を従えた貴婦人が駆けてくる。それが第一王妃だと気づいたノエルは再び身を固くした。

第一王妃はノエルとサイラスを見て眦を吊り上げる。

「なぜ聖女が外に出ているの!?　なんで第二王子と一緒なのよ!?」

淑女にあるまじき金切り声にノエルは目を丸くし、サイラスが眉根を寄せて不快感を表した。

「第一王妃殿下、わきまえてください。聖女様の御前です」

「聖女がなんなのよ！　癒しの魔力があるだけの小娘じゃない！」

「本気で言ってるなら自国の法律を学び直した方がいい。召喚聖女は国が保護し、国王陛下と同等の敬意を払うと定められているのですよ」

――えっ、そうなの？　そんな扱いは一度もされてないけど。

ならばなぜ、第一王妃と王太子は聖女を虐げたのか。との疑問は第一王妃のご乱心で吹っ飛んだ。

「うるさいわねっ、そんな法律なんて知らないわよ！　わたくしは王妃なのよ！　わたくしが知らない法律なら存在しないわ！」

驚きすぎてノエルの口がぱかっと開いてしまう。

――嫌味か頓珍漢（とんちんかん）なことしか言わない人だと思っていたけど、教養がなさすぎる。平民女性のように見えるわ。

国でもっとも尊い女性だなんて信じられない。呆然と第一王妃を見ていたら、アシュリーが皮肉そうな笑みを口元に浮かべて進み出た。

「あいかわらずお馬鹿さんねぇ。たまにはドレスと宝石以外のことも考えてみたら？」

「なぁんですってぇ！　わたくしは第一王妃なのよ！　第二王妃のくせにいぃっ！」

第一王妃が鼻穴を膨らませて真っ赤になる。大声で喚きたてるその姿には、気品や威厳などいっさい感じられない。ノエルは完全に呆けてしまった。

美人ではあるが、ただそれだけといった感じだ。なぜこの女性が王妃になれたのだろう。

その第一王妃が地団太を踏んだ。

「聖女は王太子が管理するのよ！　わたくしと王太子が召喚したんだから！」

「陛下がわたくしに聖女の後見人を命じたこと、もう忘れたの？」

「陛下が何よ！　わたくしがおねだりすれば陛下はなんでも叶えてくれるんだから！」

「あら？　それならなぜわたくしに後見人を命じたのかしら？　さすがに陛下も、馬鹿に聖女を任せたらまずいことになるって気づいたのでしょう」

「うるさいうるさいうるさい！」

癇癪（かんしゃく）を起こす第一王妃を無視してアシュリーは歩き出した。第一王妃はキィキィと気色悪い声を上げていたが、やがて周囲の護衛騎士に「王太子のもとへ案内しなさい！」と甲高い声で叫んだ。

——ライズヘルド王国の貴族女性は、感情表現が豊かなのかしら。

そんなことを考えつつ運ばれていくと、第二王妃の離宮に到着した。アシュリーが侍女へ室内履きを持ってくるよう命じ、ノエルはようやく地面に立つことができた。

するとアシュリーはサイラスへ、しっしっ、と扇で虫を払うような仕草を向ける。

「あなたは自分の部屋に戻りなさい」

「私は聖女様のそばにいます」

「いやねぇ、その歳（とし）で母親の離宮に居座るつもり？」

サイラスがグッと言葉に詰まって渋い表情になる。

「ですが……」

「聖女様も突然のことで驚いているでしょう。もう夜も遅いので休ませてあげなさい」

ここならば聖女を傷つける者はいない、とアシュリーが断言すれば、サイラスは不承不承、頷いた。そしてノエルの前に立つと足元に跪き、そっと右手をすくい上げる。

「あなたを危ない目に遭わせて申し訳ありませんでした。いろいろと不安でしょうが、必ずあなたを迎えに参ります」

そう言いながら手の甲に口づけてくるから、ノエルは真っ赤になった。しかもサイラスが真剣な眼差しで見上げてくるため、頷くしかない。

立ち上がったサイラスは名残惜しげに去っていった。

「では聖女様、参りましょうか」

「あっ、はい！」

このときになってようやく、今のシーンを周りに見られていたと気づいて、穴があったら入りたい気分になる。使用人たちが微笑ましい眼差しで見てくるのも恥ずかしい……

アシュリーに従ってフラフラとついていく。

案内された部屋に入ると、夜遅い時刻だというのに数名の侍女が整列して待ち構えていた。その顔触れにノエルはハッとする。

第二王妃の離宮に軟禁されていた間、身の回りの世話をしてくれた侍女たちだ。

「聖女様！」

「みんな、無事だったのね！」

思わず駆け出して再会を喜び合う。

「第二王妃殿下が私たちをまとめて離宮に引き取ってくださったのです」

「まあ……」

振り向けばアシュリーがとてもいい笑顔になっている。

「聖女様、いろいろと聞きたいことはあるでしょうが、今日はもうお休みください。明日ゆっくりとお話ししましょう」

「……はい。ありがとうございます。お休みなさいませ」

去っていく後ろ姿を見送ると、さっそく侍女たちが足湯用の盥とぬるめのお湯を持ってきた。

「靴がなかったと聞いておりますので、御御足を洗ってからお休みくださいませ」

「うん……寝つけそうにないから、ちょっとだけお茶に付き合ってって、駄目よね……」

休めと言われても精神が昂っているのか、まったく眠気を感じない。しかし侍女たちは苦笑しつつ首を横に振る。

「わたくしどもも聖女様と語り合いたいですが……」

アシュリーから夜更かしを止められているそうだ。寂しいけれど仕方なく寝室に向かう。

ベッドに入ろうとしたときになって、ようやくサイラスのジャケットを着たままだと思い出した。

ぶかぶかの騎士服を脱いだノエルは、離れがたくなってジャケットを抱き締めた。皺になると思いながらも離せない。

……連れ去られたとき、サイラスはノエルが聖女であると知っていながら近づいたのかと苦しかった。でも本人を見ればショックなど吹っ飛んだ。誠実な彼のことだから、何か事情があったのではないかと。

それに王太子へ手袋を投げつけたとき、愛する女性を侮辱されて黙っている男などいない、とまで言い切ってくれた。すごく嬉しかった。

――でも決闘なんて本当に大丈夫なの？

サイラスの剣の腕がどれぐらいなのかわからないため悩む。自分は怪我ならいくらでも治すことができる反面、即死したらどうすることもできないから。

――もしサイラス様が負けたら、聖女の扱いはどうなるの？　このまま第二王妃殿下が後見してくださるの？　それとも……

不安から寝室をウロウロと歩き回ってしまう。これは朝まで寝られないだろう。

どれぐらいそうしていたのか、ノエルが疲れてため息を吐いたとき、ガラスがノックされて身をすくめる。辺りを見回せば、テラスに続くガラス扉に人影が浮かんでいた。

そのシルエットを見た途端、ノエルは慌てて大窓に駆け寄る。

「サイラス様！」

窓越しの彼が、人差し指を立てて唇に添える。静かに、との身振りなのはわかっているが、彼への恋心を自覚したときを思い出して場違いにも胸がときめいた。

急いで扉の鍵を開けると、音もなくサイラスが忍び込んでくる。ノエルは躊躇せず、たくましい胸に飛び込んだ。

「サイラス様……っ」

「驚かせてしまいましたね。すみません」

「いいえ、来てくださって嬉しい……」

涙声で厚い体にしがみつけば、慰めるように優しく背中を撫でてくれる。ノエルは気持ちが落ち着くまでサイラスから離れることができなかった。

好きな男にたっぷりと甘えて、ようやく平常心が戻ってくる。ノエルは彼の胸に顔を埋めながら囁いた。

「決闘なんて、サイラス様が傷つくのは見たくないです……」

「大丈夫、必ず勝つから」

「この世に絶対なんてことはありません……」

万が一を想像して胸が潰れるような苦しさを覚える。

するとサイラスが背中を屈めて耳元へ口を寄せてきた。

「――ノエル」

初めてサイラスに名前を呼ばれた。顔を上げると、彼は途方もなく優しい表情と眼差しで見つめてくる。

「私は勝ちます。勝って名実ともにあなたを我がものとする」

見つめ合っていると、なぜか彼を信じてもいいとの気持ちが胸に湧き上がる。根拠もないのに不思議と確信できた。

「……はい。私を、あなたのものにしてください……」

もう心は彼に囚われているのだから、この身も命も愛する人に捧げたい。

ノエルの返事に満足したのか、端整な顔がゆっくりと近づいてくる。彼が瞼を閉じるのと同じタイミングで、自分も目を伏せた。

忍び込む彼の舌がノエルの舌を根元から舐め上げ、すり合わせるように絡みつく。口内のすみずみまで彼の舌が這い回る気持ちのいい深いキスに、ノエルは夢中になって溺れた。唾液を飲むために唇を離す瞬間さえ惜しい。こうしていると未来への不安を一時（いっとき）でも忘れられる。

でも息が苦しくなって彼に縋りつくと、横抱きで持ち上げられた。

「名前……」

「ん？」

「名前、呼ばれたの、初めて……」

彼が名前を呼んでほしいと告げた意味がよくわかる。

真名は魂に結びついた個人を表す大切な言葉だ。偽りの名前は己の心に響かない。イームズの家名は間違いではないけれど、愛する人と名を呼び合う方が尊い。

「あなたの本名は知っていましたが、聖女であることを隠しているから、ずっと呼べませんでした」

彼はノエルを抱き上げたままベッドに腰を下ろし、膝の上に肢体を座らせる。初めてこの体勢になったときは慌てたが、今では自分の定位置のように思えて胸が弾む。

「いつから私のことを知っていたんですか?」

するとサイラスは気まずそうな顔になった。

「……会ったときからです」

「じゃあ広場で襲われたときから……」

「ええ。あなたのことは出会う前から知っていました。でも知らないふりをして近づいたんです。すみません……」

「ううん、私も偽名を名乗りました、ごめんなさい。でもどうして知っていながら黙っていたんですか?」

「それを話しに来ました。ちゃんと順を追って説明しますね。全部」

「じゃあ下ろしてください」

真面目な話になりそうなので、膝の上に乗せたままでは脚が疲れるだろう。そう思ったのにサイラスは不機嫌そうな顔つきになる。

「このままがいいです。あなたに触れていたい」

ちょっとだけ唇を尖らせるから、珍しく子どもっぽい様子にノエルは微笑む。

その柔らかい笑顔にサイラスも口元に笑みを浮かべ、穏やかな雰囲気で話し始めた。

第一騎士団長を拝命しているサイラスのもとに、ある日『難民の女性が不思議な薬を売っている』との報告が入ってきた。

無色透明の水にしか見えない薬は、怪我や病を治すだけではなく、疲労や古傷にまで効く万能薬めいたものだ。いったいなんの薬草を使っているのかと、サイラスは王城の医局へ持ち込んで調べさせた。

驚いたことに結果はただの水だった。しかし治癒系の魔力が込められているそうで、これを作った者は魔術師である可能性が高い。

治癒魔法を使える若い娘――聖女ではないかと推測されたため、彼女の姿を確認しに行くことにした。

といってもサイラスはノエルに会ったことがないので、本人かどうかはわからない。

それというのも第一王妃と王太子が、議会の承認なしに無断で召喚を執り行い、聖女はすぐさま第一王妃の離宮に隠されたからだ。

彼女と会えるのは王太子派の貴族ぐらいだった。

国王が、命の恩人である聖女との面会を求めても、第一王妃はことごとく突っぱねた。聖女が怯えているため、落ち着くまで誰にも会わせないと。

そのため聖女の顔を知る者は極端に少なかった。が、いないわけではない。

サイラスは聖女の侍女だった者を使うことにした。

彼女たちは聖女の逃亡を阻止できなかった罪で、王太子によって投獄されている。全員、王太子派の家の者ではあるが、第二王妃が保護する代わりに協力を求め、王都の広場へ連れていった。

『聖女様！　ああ、間違いなくノエル様です。あんな貧しいお姿で平民と偽るなど、なんておいたわしい……』

サイラスは聖女の機転に感心したものだ。聖女は逃亡した当初、王都を出た痕跡を残したため、捜索隊は国境や港を重点的に探している。まさか逃げ出した王都に戻っていたなんて、誰も考えつかないだろう。

同時に彼女の扱いについて悩んだ。自分は王族として聖女を城に連れ帰るべきだが、自ら逃げ出した人間を連れ戻したら嘆き悲しむはず。

侍女からも反対された。城は聖女にとって牢獄だったと。

『今の聖女様は城にいた頃より健康的に見えます。それに王太子殿下がいる城に戻されたら、お心を痛めてしまうでしょう』

サイラスは迷った末に第二王妃へ相談し、聖女の行方(ゆくえ)は国王に報告しないと決めた。遠くから隠れて見守ることにしたのだ。

しかし聖女が暴漢に襲われたため、見守ることに限界を感じて囲い込む方針へ変えた。若い女性が気に入りそうな家を購入し、サイラスの配下でもあるエイマーズ夫人を大家に仕立て、ノエルに入居するよう誘導する。彼女が暮らし始めてからは、密かに第一騎士団の騎士を護衛として配置していた。

そこまで話を聞いたノエルは、微妙な気持ちを抱えながら息を吐く。

――サイラス様に会ってからうまくいきすぎると思ってたけど、そんな裏があったなら当然だわ。

新居もノエルのために用意されたのなら、中が綺麗すぎたのも、家具がそろっていたのも、家賃が破格だったのも納得できる。そして護衛がいたからこそ、賊が侵入したときに応戦できたのだろう。

ここで大切なことを思い出してハッとする。

「サイラス様っ、第一騎士団の方々はご無事ですか!?」

「そうそう、あなたにはお礼を言わないと。部下たちを助けていただき、ありがとうございます」

重症の騎士たちもいたが、治癒魔法で傷一つなく回復しているという。それを聞いて心から安堵した。

「今回の襲撃は私が完全に油断していました。まさか宝物庫から魔道具を持ち出すとは思わなくて」

「王太子殿下が命じたのですか?」

「正確には第一王妃でしょう。……その、歌劇場に行ったとき、聖女の顔を知っている貴族があなたに気づいたらしく、それで居場所がバレました」

第一王妃の離宮に軟禁されている間、ノエルは王太子派の貴族たちを癒している。そのうちの一人があの日、王立歌劇場にいたらしい。それで第一王妃にノエルが王都にいると伝わってしまった。

「昨日から、あなたの家をうかがう連中が現れたと報告がありました。警戒していましたが向こうもなりふり構っていられない状況なので、まんまとやられましたね」

「なりふり構っていられない……?」

「第一王妃と王太子は、聖女が城を逃げ出したことを隠していましたが、隠しきれなくなって陛下の耳に入ったんです。――聖女を虐げ、公妾に据えようとしていたことまで」

国王は、第一王妃と王太子の蛮行を、許したくても許すことができない。

召喚聖女は大変貴重な癒しの魔力を持っており、これは女神から賜る特別な力なので、聖女は創世の女神に愛される〝愛し子〟だと言い伝えられている。その聖女を虐げることは神への冒瀆（ぼうとく）になるのだ。

だからこそライズヘルド王国には聖女を守る法律が存在する。

つまり、王太子たちは絶対にやってはいけないことをやってしまったため、国王は第一王妃らを処罰しなければならないのだ。

聖女の後見人を第二王妃に変更したのも、これが理由だった。

「第一王妃と王太子の暴挙について箝口令（かんこうれい）が敷かれましたが、そのときにはもう遅くて。さすがに陛下も庇（かば）いきれませんでしたね」

それなのに王太子側は、聖女を手に入れて従えさえすれば、失態を消せると本気で思い込んだ。愚かすぎる。

「第一王妃様と王太子殿下は、どうしてあそこまで聖女を嫌うのでしょう?」

「……これはちょっと前置きが長くなるのですが」

サイラスいわく、召喚聖女を巡ってここまでこじれたのは、国王に原因があるという。

王がまだ王太子だった頃、彼はペリング侯爵令嬢アシュリーと婚約していた。それなのに〝真実の愛〟とやらに目覚めて婚約解消し、身分の低い騎士爵の令嬢と婚約し直した。

その令嬢が第一王妃のベラになる。

国王は王太子時代、自分よりもはるかに優秀なアシュリーに劣等感を抱き、苦手としていた。

そこで出会ったのがベラだ。彼女は砂糖菓子のような甘くて可愛らしい外見を持ち、男の自尊心を満たすのが得意だった。王太子をおだてて頼って甘えて励まして、ついには彼の心を手に入れた。

しかしベラは勉強に対する意欲は低く、しかも怠惰で享楽が大好きで、王妃教育がまったく進まず、教師陣が匙(さじ)を投げるほど無能だった。

彼女は王妃として敬われ、王にちやほやされて贅沢ができれば満足なのだ。政治に興味はなく、民は搾取するものと考えている。

国王は結婚後、ベラのあまりの無能っぷりに、彼女が伴侶だと国が傾くことにやっと気づいた。国王自身もそれほど有能でないことを理解していたため、悩んだあげく元婚約者に頭を下げて第二王妃として迎えることにした。

アシュリーは元婚約者に未練もなければ、『王太子でありながら外見のみを重視して中身を見ないなど、この男は駄目だわ』と見放していた。しかし故国を愛していたため、このままでは国がまずいことになると思い、仕方なく第二王妃として嫁いだ。

そして王城関係者らは、ほとんどが第一王妃を認めていない。身分が低すぎるうえに無教養で無才、性格も攻撃的で、敬えるところがまったくないから。

それがベラには大いに不満だった。王妃なのだから臣下は無条件で傅（かしず）くべきだと、本気で考えているために。

ベラは『第二王妃殿下こそ本物の王妃様だ』とか、『第一王妃など必要ない』との声を聞くたびに、アシュリーへの嫉妬と恨みと怒りを募（つの）らせていた。

負の感情で心を黒く染めていた頃、王が倒れて聖女を召喚するべきとの声が上がった。

しかし魔力が失われつつある現代では、聖女を召喚することは難しい。

そこで第一王妃と王太子は、派閥の家から魔核をかき集めて勝手に聖女を召喚した。聖女の後見人になれば、誰もが自分たちを崇めるはずと短絡的なことを考えて。

当たり前だが、第一王妃と王太子の行動は批判にさらされた。

聖女を隠していることも問題視されて、王太子派の貴族たちからも、『聖女様の癒しを受けられるのは光栄ですが、そろそろお披露目をするべきでは？』とやんわり指摘される始末。

そういったことを含む思い通りにならない不満を、ベラは聖女にぶつけて八つ当たりしていた。アシュリーが先代聖女の子孫なのもあって、ベラは聖女を利用したい反面、聖女に関わるすべてが気に入らないのだ。

そして王太子も母親の思想に染まりきっており、聖女は虐げていい存在だと思い込んだ。

……ここでサイラスが言葉を止めて皮肉そうな笑みを口元に浮かべる。

「私は頭の出来も女性の好みも陛下に似なくて、ほんっとうによかったと思っています」

笑顔で国王(ちちおや)をこき下ろすサイラスを見つめながら、ノエルは強いめまいを感じた。

――ありえない。王族が感情のままに婚姻を結ぶなんて。

そこでふと思う。ベラが元騎士爵令嬢なら、平民に近い生活をしていたのではないかと。もしそうなら淑女教育を受けていなかった可能性が高く、先ほどのような貴婦人とは思えない態度も納得できる。

だとしても……

「この国の議会は、ベラ様と国王陛下の婚姻をよく認めましたね」

「陛下しか男子がいなかったうえ、陛下がベラ様と結婚できないなら王位継承権を捨てると宣言したので、受け入れるしかなかったそうです」

お国事情を聞いたノエルはようやく納得した。

「拉致されてからずっと疑問に思っていたことがわかりました。……あの、聖女のこと以外も聞いていいですか?」

「ええ。この際、疑問はすべて解消しましょう」

「ありがとうございます。その、王都では第二王子殿下の悪い噂をよく耳にしましたが、サイラス様のこととは思えません。あれはどうして……」

「ああ、身を守るためですね」

国王は、アシュリーを捨ててベラを選んだ己の判断が間違っていたと、今ではさすがに気づいている。しかし過ちを認めたくなくて、第二王妃と第二王子を冷遇した。

自らアシュリーを第二王妃に望みながらも、公式行事では自分の隣に第一王妃を立たせ、第二王妃は補佐の扱いにしている。妻として軽んじているのだ。

それなのに政治はアシュリーに頼りきりで、今では彼女が国政の実権を握っている。国王は権力の中枢を第二王妃の派閥に押さえられても、それを覆す才覚も能力もない。

彼もまた人の上に立つ資質を持っていなかった。

次代の王に愛するベラが産んだ長男を即位させたくて、周囲の反対を押し切って王太子にしたものの、彼は母親に似て無才で愚鈍、努力を嫌う放蕩者だ。

次の王にふさわしいとの評判を広めたものの、それは側近や補佐官などが優秀なだけ。いつか文武両道な次男が兄の地位を脅かすかもしれないと危惧し、第二王子の悪評を流していた。

しかも国王は腐っても君主であるため、王命で第二王子を城から追放することも処刑もできる。

そこでサイラスは騎士団に入って王城とは距離を取り、故意に流された悪評も消そうとしなかった。

「では、レイクヴィルの家名は偽りなのですか？」

「いえ、あれは家名であり爵位名でもあります。私は成人したときにレイクヴィル公爵位を賜っているので、市井ではそちらを名乗っていました」

将来の臣籍降下に備えてとのことだが、すでに臣下になることが定められているなんて、彼の不遇が推測できてつらい。

「市井では王太子殿下が賢王の器だなんて言われていますが、あの方が王になったら国がたいへんなことになるのでは……」

「ああ、大丈夫ですよ。私は彼が王になっても構わないと本心から思っています」

国政は第二王妃とその派閥が支配しており、国家運営は滞りなく行われている。実際に王が病で倒れたときも政治に混乱はなかった。

裸の王様である王太子は、第二王妃が国を動かしていることさえ理解できない。だからあえて第一王妃と王太子を諫めず、好き放題にさせていた。

彼らは己が愚かであると気づくことさえできない愚者だ。ならばそのまま生きていた方がいい。自分の愚かさを理解できないことは、彼らにとって幸せなのだから。

無知に知恵をつける必要はない。

ある意味、かなり残酷な生き方だ。しかしそれは彼らが背負う罰でもある。

「でもっ、最近、第二王子殿下の好意的な噂を聞きます。サイラス様が王子として目立つようになると、危険では……」

「陛下が強硬手段を取るとまずいですね」

「そんな……」

「大丈夫。今までは陛下と対立することを避けたかったから、彼を刺激しないよう大人しくしていただけなんです。……私が覚悟を決めさえすれば、陛下などどうにでもできるんですよ、本当は」

すこし困ったふうに笑うから、彼が暗愚な王子と蔑まれても耐えていた理由が察せられた。

サイラスはたぶん、国王……己の父親と対峙するのをためらっていたのだろう。彼が地位の回復を望めば、国王に潰される危険性がある。

それを避けるときは王を廃するときだ。

自らの手で父親を玉座から引きずり下ろす。当然、第一王妃と王太子も一蓮托生だ。

サイラスが母親以外の王族をすべて蹴落とせば、自身が王冠をかぶることになる。立太子されていない王子が力でもって国を手に入れたら、簒奪と言われても否定できない。

未来の歴史において、彼が簒奪王と呼ばれることを想像すれば、心臓を絞られたかのような痛みを覚えた。

「おつらかったのですね、サイラス様……」

彼が今まで抱えてきた苦悩の一端を垣間見た気がして、ノエルは唇を噛み締める。

しかしサイラスは首を振った。

「考えを変えました」

「何がですか？」

「今までは国が安寧であれば、己の名誉など地に堕ちても構わないと思っていました。王太子たちを矯正しようとも思わなかった。でもそのせいで彼らは際限なく増長し、聖女を勝手に召喚して、王族でありながら法を順守せず、あなたをつらい目に遭わせた」

ノエルの目を真っすぐに見つめる彼は、なんとなく吹っ切れた表情をしている。

「ずっと己を偽って生きてきましたが、迷いはなくなりました。私は聖女の隣に立つために、あなたにふさわしい者になると決めた。そしてあなたを傷つけた愚者たちを決して許さない」

第二王子の評価が変わったのは、自分と生きるためだったのかと、ノエルは頬を赤く染める。求婚ともとれる誓いにときめいて心が熱くなった。

でも同時に、王太子と第一王妃をどうにかするとの宣言に、背中に冷や汗が垂れ落ちるのを感じる。

「……危険なことはしないでくださいね」

「はい。でも必ず彼らには聖女を虐げた罪を償ってもらいます」

サイラスの大きな手のひらがノエルの頬を優しく撫でる。ノエルがその手に頬ずりをすると、彼は複雑な表情を見せた。

「今でも後悔しています。王太子が聖女を隠したのは、私に奪われたくないからだろうと思って、あえて口出ししなかったことを」

王太子は周囲へ、聖女を丁重にもてなしていると、誰にも会わせたくないほど大切にしていると告げた。その主張を疑わなかったのは、サイラスもアシュリーも、まさか聖女を虐げる者がいるとは想像さえしなかったから。

しかし聖女が逃亡して城が騒然となり、ようやく彼女の境遇を知った。

「聖女を失ったのは私と第二王妃の責任でもあります。陛下と聖女の面会さえ断る時点で、彼らが何か隠していることを想像するべきだった」

自責の念に駆られていたからこそ、サイラスは王都で聖女を見つけても、彼女を連れ戻すことをためらった。

そしてノエルと接するうちに、だんだんとその人柄に惹かれていった。特に癒しの魔力を植物に持たせたいと、偉大なる女神の恩寵(おんちょう)を国全体に行き渡らせたいという、サイラスでさえ考えたこともない目標に雷に打たれたかのような衝撃を受けた。

王族に虐げられ逃げ出した聖女が、それでもこの国の民のために心を配る。その崇高な願いに聖女の本質を見たと思った。

彼女こそ聖なる乙女。

女神の御使いの名を冠(かん)するにふさわしい。

「あなたには幸せになってほしいと思っていましたが、か弱い身でありながら民を想うあなたを、自分が守りたいと強く思ったのです。私の手で、あなたを幸せにしたいと」

ノエルの頬に添えた手のひらが肌を伝ってすべり落ち、二つの鎖骨の中央にあるリボンをするりと解いた。前身頃の上部が大きく開いて肌が露わになる。

「どうしようもなく惹かれました。これほど高潔な魂を、我がものにしたいと……」

ノエルは己の目を覗き込んでくる黒い瞳に、渇望が滲んでいることに気づいてドキドキする。

自分はそんなに褒められるほど高潔だとは思わないが、好きな人が命がけで求めてくれるようで、その熱意に胸が熱くなる。

「……私、もう、あなたのものです」

心も体もサイラスしか反応しない。王太子に迫られたときなど、死んでも嫌だと鳥肌が立った。

そう、好きな男以外に穢(けが)されるぐらいなら死んだ方がましだ。でも自分が死ねばサイラスが悲しむから、反撃することにためらいはなかった。……まさか男性の股間を蹴ると、あれほど苦しむなんて想像しなかったが。

それでも後悔なんてしていない。

ノエルは自らの唇で彼の唇をそっと塞ぐ。あなたに再び触れ合うことができて嬉しいと、思いの丈を込めて舌を忍び入れる。

ノエルからのキスが意外だったのか目を見開いたサイラスだったが、すぐさま自身の舌を愛する人のそれとすり合わせる。

密度が高い口づけを交わせば、ノエルは熱情が口からじんわりと広がって、頬が上気するのを感じた。

はぁっ、と同じ熱さの息を吐いて間近で見つめ合う。

すでに彼の黒い瞳には、渇望だけでなく肉欲が現れている。彼の屋敷で見たのと同じ妖しい揺らめきに、胸が高鳴って目まいがしそうだ。

好きな男が自分に欲情する様にときめいて、お腹の奥が猛烈に疼いてくる。この感覚がなんなのか自分はすでに知っているから、早く彼に鎮めてほしい。

サイラスが距離を変えないまま囁いてくる。

「……あなたが賊に連れ去られたと聞いたとき、心臓が止まるかと本気で思いました」

王太子は聖女の後見を外されて追い詰められていた。彼のことだから、後見人でなくても妃にしてしまえばいいと、斜め上の思考にたどりつくだろう。平気で女性の尊厳を踏みにじる男でもあるから、ノエルの身が危なかった。

そのためサイラスは急いで王太子の側近を締め上げ、聖女を幽閉した塔へ駆けつけた。

そこで見たのは。

「……まさかあなたが男の急所を蹴り上げるとは思いませんでした」

サイラスが口角を吊り上げて悪戯っぽく微笑む。

ノエルはそのことを後悔していないものの、好きな人に指摘されるのは別だ。非常事態とはいえ、淑女にあるまじきふるまいを知られたと自覚して顔が熱い。

「だって、サイラス様が教えてくれたから……」

動けなくなるとは聞いていたものの、あそこまで威力があるとは予想しなかった。

——そんなに痛いのかしら？

思わず彼の股間へ視線を向けてしまう。ノエルの瞳の動きは、彼女を膝の上に乗せているサイラスにはよくわかった。

彼がノエルの耳元へ唇を寄せて、ありったけの色香を絡めた声で囁く。

「今、何を想像しました……？」

「……言わない」

ノエルがそっぽを向くと、サイラスが機嫌のよさそうな笑い声を漏らす。

「そんなことを言われたら、無理にでも口を割らせたくなるじゃないですか」

「……何をするの？」

目を細めるサイラスがノエルの首筋に吸いつき、「こういうことを」と肌に唇を押しつけたまま囁く。

「ん……くすぐったい……」

「じゃあもっと、くすぐったくなって。私を意識して」

「あなたを、意識しない日なんて、ないわ……」

素肌をすべる唇の感触と熱い吐息に、全身から力が抜ける。ふらついた体を支える彼の手が、いやらしい動きで寝間着越しの肌をまさぐってきた。それだけで甘い痺れが四肢へと広がっていく。

賊に拉致されたとき、未来がどうなるかわからない不安で苦しかった。それは光のない虚無が迫ってくる恐怖にも似ていて。

けれど今、やっと己の心から負の感情が消えて心が平らかになっていく。

ふと、蕩けたノエルの視界に赤色の輝きがちらついた。彼の耳朶を赤く飾るピアスが揺れている。

「珊瑚……」

「ん？」

「サイラス様からいただいたネックレス、置いてきちゃった……」

「ああ、それなら明日にでも取りに行きますよ」

よかった、とノエルは心から安堵する。彼にもらった大事なネックレスは、眠るとき以外は常に身に着けていた。だから首元に何も感じないと心細い。

安心したせいか、なんとなく彼のピアスへ指を伸ばす。歌劇場へ向かう際、ピアスが魔道具だということにノエルが気づいても見逃してくれたのは、聖女であると知っていたからだと今になって知る。

「これ、なんの魔道具なんですか?」

ノエルの首筋に吸いついていた彼が頭を起こした。

「……もうすぐわかりますよ」

そう言いながら唇を塞いでくる。あまり追及されたくないのかな、とノエルは思ったので、素直に彼の舌に悦ぶことにした。

「あ、ん……、ふっ、あぅ……ちゅ……んふ……」

ノエルも積極的に舌を絡ませてキスに没頭する。お腹の疼きがさらに高まって、ずっと己に張りついていた飢餓感を思い出す。

あなたが欲しい、と。

気づけばベッドに押し倒されていた。サイラスが寝間着ごと胸の尖りに吸いついてくる。

「あっ、ん……」

——気持ちいい。

欲しかったものをようやく与えられて、脳から歓喜の成分があふれ出ているように感じる。とても気持ちよくて嬉しくて、好きな男と愛を確かめる行為は、これほどまでに幸福なのかと泣きそうになった。

もっと、もっと触って、もっと舐めてしゃぶって噛んでおいしく食べて。

普段では考えないような、淫らでいやらしい願いが心からあふれる。

寝間着は夏用の薄手の生地だから、唾液でべったり濡れると肌が透けてしまう。しかも彼に乳房を甘噛みされて舌で尖りを扱かれて、乳首が勃っているのが丸わかりだ。濡れた生地を押し上げる桃色の突起が、ノエルからもくっきりと見える。

卑猥な己の姿が恥ずかしい。さらに彼がもう一つの乳房もしゃぶるから、二つの乳首が際立って猛烈な羞恥がこみ上げる。

サイラスの指先が布越しに突起をこね回した。

「この寝間着、薄いですね……王太子があなたのこんな無防備な姿を見たなんて、妬けそうです」

「あの人、私に興味なんてありませんよ」

ベッドに引きずり込まれそうになったが、それは性欲によるというより、ノエルの心を折って支配するための手段でしかない。王太子の瞳にサイラスのような熱情はまったく感じられなかった。

それでもサイラスは不機嫌そうな顔つきになる。

「あなたの寝間着姿を見る男は私だけでいい。他の男には誰にも見せたくない」

惚れた男の嫉妬と独占欲を浴びてノエルは微笑む。彼のわがままはなんて可愛いんだろう。

ノエルの微笑を余裕ととらえたのか、サイラスが寝間着のスカートを勢いよくめくり上げた。

「きゃあぁっ！」

「ああ、めちゃくちゃいい眺めですね」

「だめ……見ないでください……」

腹部まで露わになるから、当然レースショーツも男の眼前にさらされる。サイラスが食い入るように見つめてくるため、顔を真っ赤にするノエルは寝間着の裾を必死に下ろそうとするが、彼の手に阻まれて下ろせない。

今までドロワーズを愛用していたけれど、彼に抱かれてから下着を意識するようになり、可愛くて色っぽいショーツをそろえていた。……こういう場面を想定して身に着けるものを変えたのだが、いざ見られるとものすごく恥ずかしい。

でも心のどこかで、以前と変わった自分を見てほしいなんて考えているから、相反する願いに居たたまれない。自分の心が大きく揺れる混乱と羞恥で、頭がクラクラしてきた。

「見せてください。前回は興奮しすぎてすぐに脱がしちゃったから」

「すっ、好きなんですか？　女性の下着……」

「下着が、ではなく、色っぽい姿のあなたが好きなんです」

「はぅ……っ」

そんな嬉しそうな表情で言われたら、抵抗する気持ちなど砂になって流れてしまう。

ノエルがうろたえながらも体の力を抜けば、それに気づいたサイラスは、めくり上げた寝間着の裾をノエル自身に持たせた。

「えっ、なんで……？」

「あなたが自ら裾をめくっているようで、すごくエロいから」

「えぇえぇ……」

まさか彼からそんな卑猥なことを言われるとは想像もできず、ノエルは目を回しながら涙声を漏らした。

サイラスはノエルの動揺に気づかないふりをして、白い肌と秘所を隠す淑やかな白いショーツを視姦する。レースがふんだんに使われた下着は肌が透けるため、うっすらと金色の草叢が覗いていた。

その清楚と妖艶が同居する危うさに、サイラスはうっとりと目を細める。

「そういえば私はまだ一度も、あなたの金の髪を見ていない」

「あっ、明日には、染料を落とせば……」

「王太子は知っているのに、私は知らないなんて許しがたいですね」

彼の手のひらが剝きだしの太ももに這い回る。さらに内ももの、脚の付け根近くの敏感な皮膚をいやらしく撫でるから、ノエルの脚がビクビクとか細く震えた。

「んっ、んっ」

「前も思ったんですけど、肌が白くてすごく綺麗ですね。早くブラックドレスを着せて私のものだと示したい。……ああ、そのときは下着も絶対黒にする」

サイラスがうわずった声で呟きつつ、はぁっ、と熱い吐息を漏らして背中を屈める。

ショーツの上から秘所に口づけた。

「んんっ」

軽く吸いつくだけのぬるい刺激に、くすぐったさとじれったさを感じてノエルの腰が揺れる。同時に脚の付け根に湿り気を感じてうろたえた。お腹に生じた疼きもすべり落ちるのか、ますます秘部が潤っていく。

彼の舌が、やはり布越しに局部をぺろっと舐め上げた。

「や……そんな……」

「嫌ですか？　前のときも舐めたのに」

「そっ、そうだけどぉ……っ」

前のときと言われて、ノエルは両手で顔を隠した。彼に秘唇を舌で可愛がられたことを思い出して、よけいにお腹がウズウズする。

しかも疼きを養分にして蜜芯が尖ってきた。乳首と同様に布地を押し上げている。サイラスが突起に遠慮なく吸いついて、ちゅぱちゅぱと卑猥な音を立てた。

「あぁ……んっ、あぅ……あん……はぁ……っ」

布越しの愛撫のせいか、直接舐められるより蜜芯をこする感覚が弱い。もの足りない快感にじれったさを覚えて、ノエルは身をくねらせる。

ショーツの外から唾液が垂れて、中からは愛液がしみ出して、にちゃにちゃと聞くに堪えない卑猥な音が響く。

「あん……んっ、ふ……んぅ……」

「ここも透けて見える……ああ、ちょっともう耐えられない」

サイラスは体を起こすと、性急な手つきでベルトを抜いてスラックスをずり下ろした。反り返る肉棒を取り出した際、急ぎすぎて先走りの汁がノエルの腹部から胸元へ飛び散る。

ふわりと広がる男の香りを嗅いで、ノエルの心臓が大きな鼓動を打った。この先にある強烈な快感を思い出し、自然と彼に抱かれることを待ち望み、さらに脚の付け根がじわっと濡れてしまう。

脱がしますよ、とサイラスがショーツをずり下ろして足先から抜くと床に落とす。

女の大事な秘部をさらけ出すことは、まだすごく恥ずかしい。けれど羞恥心の裏側に、好きな人にたくさん触れてほしいとの淫らな気持ちも隠れているから、自然と脚を開いて彼を受け入れる体勢になる。

ノエルが自ら秘所を見せつける姿に、サイラスがごくりと喉を鳴らした。

荒い呼吸を繰り返しながら、濡れそぼつ蜜口に亀頭を押し当てる。でもすぐに挿(い)れず、肉びらをこするように上下に動かしてくる。

だからノエルは、ジンジンと糸のような細い快感が幾度もお腹に走って、快感と期待で腰を淫らに揺らしてしまう。

——気持ちいい……でも、そうじゃなくて……

初めて肌を合わせたときのような、自分がどうにかなってしまいそうな激しい快楽が欲しい。浅瀬をこするだけじゃもの足りない。互いの体が熱く煮えたって境界線が溶けるような、激しくて甘い愛の交歓(こうかん)が忘れられないから。

ノエルが頬を真っ赤に染めて、悩ましげにサイラスを見上げる。

潤んだ瞳を向けられた彼は、満足そうに愉悦の笑みを浮かべた。

「聖女のあなたにそんな目で見つめられると、背徳感がたまらない」

言うやいなや、ズブズブと張り詰めた屹立を蜜壺に埋めてくる。

「あぁ……っ！」

ノエルの首がグッと仰け反って背中も反り返った。痛みはまったくなかったが、やはり彼のモノが大きすぎるのか、圧迫感で息が止まりそうになる。

はくはくと必死に呼吸を繰り返すと、サイラスがノエルの前髪を持ち上げて滲む汗を指先でぬぐった。

「痛くはないですか？」

不安そうな彼の声に歯を食いしばって頷く。本当に痛くはないけれど、内臓を押し上げられる感覚でうまくしゃべることができない。

すると彼の手がノエルの下腹にそっと置かれる。うっすらと肉茎の形に盛り上がる腹部を優しく撫でさすった。

「んんぅ……っ」

岩のように硬い男根と震える膣路が甘くこすれて、ノエルはビクッと体を跳ね上げる。

触れた箇所から鋭敏な快感がほとばしる。咥え込んだ剛直をキュッと締めつけた。

「はぁっ、締まる……」

サイラスが腕で自身の額の汗をぬぐうと、再び指先でノエルの下腹をくすぐる。

「あぁんっ」

「あなたの純潔をもらったときはすごく痛そうでしたが、今は大丈夫そうですね。気持ちよさそうだ」

「はぅ……きもち、いぃ……」

「あのときは目を閉じていても癒しの魔力を使ったことがわかって、あなたのナカを傷つけたと知って申し訳なかった」

「えっ」

ギョッとしたノエルが思わず下腹に力を込めてしまったため、飲み込んだ肉塊を根元からまんべんなく扱いてしまう。

「グッ、すごい……」

ノエルが感じるたびに陽根を締めつけられる彼は、我慢できないといった体で腰を振り出した。

「あっ、はぁん……まっ、どして……あんっ、まほう、わかった、の……？」

「あなたの魔力が強すぎるから、目を閉じていても虹色の光を感じ取れるんですよ。あれじゃあ、あなたが聖女だと知っていなくても正体に気づいたでしょう」

それでノエルのことを、無防備で危なっかしいと告げたのかと納得する。

だがそんなことを考えられたのもそこまでだった。

寝間着ごと乳房を揉まれながら、ギチギチに硬い肉槍を出し挿れされて、気持ちよすぎて嬌声が止まらない。

亀頭のエラの部分が好いところを何度も引っかいて、ぐしゅぐしゅと愛液が結合部から垂れる。さらに子宮口を甘く小突かれて、ナカがぐずぐずに蕩けていく。

「あぁっ、はぁんっ、あぅ……きもちいぃ……っ」

「ええ、私も気持ちいい。ちょっと激しくするからつかまっていてください」

サイラスがノエルの背に両腕を回してガッチリと抱き締める。さらに背中側から細い肩をつかみ、男の肉体と腕で完全な檻に閉じ込めた。

律動がさらに速く激しくなって、ノエルは善がりながらサイラスの体に縋りつく。彼が腰を打ちつけるたびに自分の体も揺さぶられ、目もくらむような快楽に翻弄された。

「あぁ……っ、やぁっ、またっ、こわい……っ」

恐怖にも似た恍惚の果てが近づいてくる。とても気持ちいいのに底なし沼に落ちるみたいな恐ろしさがあって、ここから逃げようともがいてしまう。

けれど多少は身をよじることができても、彼の檻からはまったく逃げられない。しかも身悶えるたびに媚肉と男根がこすれて、もっと気持ちよくて喘いでしまう。

「あっあっ、はあぁんっ！　やあぁっ！　まってぇ……っ！」

「大丈夫、怖いのは気持ちいいことだって知ってるでしょう？」

サイラスが落ち着かせるようにノエルの顔中にキスをする。それでも抽挿は止めず、ときどき腰をくねらせて蜜路をまんべんなくかき混ぜる。ついでに泣き処をこすってくる。

ノエルはあられもなく声を上げて、膣壁を収縮させては肉茎から精を搾り取ろうとした。

「あっ、あぁんっ、はぁっ、あっ、ああ……っ！」

気持ちよくて離れがたくて、お腹の中が煮えたぎるように熱い。媚肉が蠢いて絶え間なく一物を扱き上げ、そのたびにノエルも感じ入っては身をくねらせる。

「ああ、私もイきそう……っ」

サイラスが腰を振りながら唇を重ねてくる。揺さぶられながらのキスは呼吸が苦しいけれど、必死に舌を絡ませた。流れ落ちてくる唾液を飲み込み、互いに熱い息を吐き、上も下も密着して深いところまで交じり合う。

ノエルは自分がすみずみまで彼に侵されていると、それが気持ちよくて嬉しいと、快楽に呑まれつつある頭で思った。

いつもは穏やかな彼が興奮しきっているのも、荒々しく腰を打ちつけてくるのも、ノエルを逃がさないように体で縛りつけるのも、何もかも嬉しくて心臓が破裂しそう。

まるで体だけじゃなく心まで彼が潜り込んでくるようで。

そう思った瞬間、いきなり快楽が弾けて全身がわなないた。

「んん――……っ！」

体中に異様な力が入って片脚が虚空を蹴る。もう一方の脚は爪先が曲がってシーツを引っかいた。

媚肉が肉棒を思いっきり締めつけては、きゅうきゅうとしゃぶり続ける。子宮口が亀頭に吸いついたまま痙攣する。

男の精を吸い込もうとする卑猥で貪欲な動きに、サイラスは呻きながらノエルを強く抱き締め、直後に素早く体を引いた。

「ハッ、ハアッ……」

ノエルの臍あたりに勢いよく精を放出する。何度か肉棒を手で扱き、断続的に白濁を吐き出した。

ノエルは突然、お腹の表面に熱い感覚が降り注いで驚く。半分放心しながらも視線を下へ向け、ぼんやりと射精するところを眺めてしまう。

——そういえば前も、お腹の中で何かを放っているような感覚があったわ……これのことかしら……？　でもあの白いのってなんだろう……？

あのときは疲労困憊ですぐに寝入ってしまったから聞けなかった。けれど今は疲れているものの目が冴えている。

「サイラス様……」

「すまない。汚してしまった」

言われてみれば、腹部だけでなく寝間着にも白濁が飛び散っている。そして今まで嗅いだことがない奇妙な匂いを感じて首をひねった。

この白いものが原因かと、好奇心から指を伸ばして粘液をすくってみる。むわっと香りが強くなった。

「なに、これ……？」

横たわったまま自分の指をまじまじと見つめていたら、身づくろいを終えたサイラスがシーツで指先をぬぐってしまう。

「そういうこと、男の前でしない方がいいですよ」

「何か問題でも……？」

「問題というか、清らかなものを穢す背徳感で、私が興奮するというか……」

サイラスが気まずそうに視線を逸らしている。彼の言うことがますますわからない。

「サイラス様、この白いものはなんですか？」

「……子種です。その、子ども の素と言いますか……」

「こだね。こどものもと」

「つまり、その、子種をあなたの中に注いで子どもを作るんです」

一瞬、何を言われたか理解できなかった。ノエルは数秒間、彼の困ったような表情を見つめて、体を勢いよく起こすと悲鳴を上げた。

「えぇえっ!?　子どもは夫婦のもとへ女神さまが授けてくださるはずですよね!?」

「違います。この行為が子作りなんです」

「そんな！」

では今まで自分が学んできた神学はなんだったのか。ショックで呆然としていたら、微妙な顔つきのサイラスがズイッと美しい顔を近づけてくる。

「逆に聞きますが、私に抱かれることをなんだと思ったんです」

「えっ、それは、あ、愛し合う、行為だと、サイラス様がおっしゃったわ……」

「そう。その愛し合う行為で子どもができるんです」

「ええ……」

あまりの衝撃で混乱し、動けなくなった。このときサイラスがハッとした表情で寝室の出入り口へ顔を向ける。ノエルも視線をそちらへ向けると、複数の足音が駆けてくるのが聞こえた。すぐに隣室の居間の扉を激しくノックする音が響く。

ようやく自分が悲鳴を上げてしまったことを思い出した。

「サイラス様、逃げてください！　それかどこかに隠れて！」

「どうしようかな。あなたとのことがバレても私は構わないし」

「第二王妃殿下に怒られますよ！」

「そうですね、今日はとりあえず帰ります。——すぐにバレると思いますが」

そう告げるとノエルに軽くキスをして、来たときと同様にテラスから姿を消した。その直後、ノエルの侍女たちが寝室になだれ込んでくる。

「聖女様！　お部屋から悲鳴と物音が聞こえたと——」

ぴたりと侍女の口が閉じる。ノエルの乱れた寝間着と髪と、いかにも情事の後といった部屋の空気に、侍女たちの顔が真っ青になった。

その後、ノエルにお叱りはなかったものの、サイラスは第二王妃から私刑（しけい）を食らったという。なんでもセイザという座り方をして、膝の上に重石を置くとか……

ノエルには想像もできなかったが、彼に会ったとき治癒魔法をかけておこうと思った。

ノエルが王城に連れ戻されてから一週間が経過した。その間、特に揉め事はなく不穏な空気を感じることもなく、客人として優雅な毎日を過ごしている。

王城でこれほど安らげるなんて、今でも信じられない。

しかしアシュリーからは、『この離宮からは決して出ないでくださいね』と念を押されているので、王太子と第一王妃が聖女を取り戻そうと画策しているのだろう。

——聖女を国賓として遇することは法で決められているのに、王族がそれに逆らうなんてありえない。謹慎（きんしん）程度じゃあ、あの二人は反省しないんじゃないかしら。

王太子と第一王妃は、聖女を不当に扱った罪で謹慎処分となっている。二日前には、あの親子について国王から非公式で謝罪されていた。

……しかし国王はついでのように、一国の君主が頭を下げたのだから、二人を許すべきである、と遠回しに告げてきた。

なんだかなぁ、とノエルはモヤモヤする。

第一王妃親子が馬鹿なことをしたのも、もとをただせば王妃にふさわしくない女性を選んだ王の失態だ。そのことを国王自身も理解しているそうなので、彼らを今の地位から降ろすのが責任の取り方ではないか。

本当に陛下は王の器じゃないのね。と、やるせないため息を吐いた。

そこへ侍女たちが入室してくる。

「聖女様、そろそろお支度を始めますわ」

「そうね。お願いします」

毎日午後の決められた時刻に、第二王妃とのお茶会が定められている。アシュリーはノエルを、生活に不満はないか、欲しいものはないか、と常に気にかけてくれた。そして今後についての予定や、国の情勢などを教えてくれる。

引きこもっていても、第一王妃の離宮に軟禁されていたときより環境がいいと思うのは、きちんと情報を与えられているからだろう。自分がどのような立場にあるかを知るのは、心の平安にもつながるのでありがたい。

王族と同席するお茶会なので、デイドレスから略礼装のドレスに着替える。

人と会うたびに着替えるのは故国でも当たり前だったが、王都で難民として暮らしていた時間が長かったため、非常に面倒くさいとも感じる。自分一人で着られる、簡素だけど可愛い大衆服が懐かしい。

――もうあの家には帰れないんだろうな。せっかく薬草もいっぱい育てていたのに。

一応、ノエルの家を売却せず所有したままにすると、アシュリーを通じてサイラスに教えてもらった。今は庭の植物の管理をエイマーズ夫人がやってくれているらしい。

ただ、彼女はもともと大家を演じていただけで、隣家の住人ではない。任務が終われば自宅に戻るだろう。

そんなことを考えていたら、あっという間に支度が終わった。侍女たちに導かれて離宮の庭へと向かう。

四阿（ガゼボ）に着くとアシュリーはすでに待っていた。ノエルに気づいた彼女は立ち上がって淑女の礼をとる。

……こういうとき、ノエルはむず痒い気分を必死に押し殺して微笑むのだった。

ノエルはアシュリーへ、自分は故郷では子爵令嬢でしかなく、王妃殿下に敬われる身分ではないと告げている。王族に敬意を払われたら萎縮する。

けれどこの国の法律では、聖女の地位は国王に並ぶという。確かに自国でも、癒しの魔力を持つ者はすごく敬われたが……下位貴族に生まれたノエルには精神的にきつい。

しかしアシュリーからは、『郷に入っては郷に従え、ですわ』といい笑顔で諫められた。

それでもやはりアシュリーの上位者としてふるまうのがつらくて、二人きりのときはただのノエルとして扱ってほしいと願った。

聖女の願いを無下にすることはできないと、アシュリーが敬語を外してくれたため本当に助かっている。

ノエルはアシュリーと挨拶を交わし、香りのいいお茶が配られて侍女たちが下がると、まずはサイラスについての話を聞いた。お茶会の最初はサイラスの話題と決まっている。

それというのもノエルがアシュリーと会うたびに、開口一番に『サイラス殿下はお元気でしょうか』と必ず聞くので、アシュリーの方から話してくれるようになったのだ。

「サイラスと王太子の決闘の日程が決まったそうよ。七日後に王城の敷地内にある騎士団修練場で行うのですって。ちょうどその日に王太子の謹慎が解けるから」

「そうですか……とうとう」

不安と心配からスカートを強く握り締める。

離宮に移った夜、サイラスは人目を忍んで会いに来てくれたが、それ以降は警備が強化されて顔を見ることは叶わなかった。

そのため不安感が日増しに強くなっている。決闘なんて本当に大丈夫なのだろうかと。

「ようやくあの子もやる気になってくれて、聖女様には心から感謝しているわ」

「今までやる気はなかったのですか？」

「王太子より優秀だと知られて目立ったら、陛下に処刑される恐れがありましたからね。あの子にはそれをはね除ける力があるのに、さすがに親殺しはためらったのでしょう」

ノエルの体がギクリと固まる。……国王がなんとしても第二王子を殺そうとするなら、サイラスもまた生き延びるために父王を弑(しい)することになる。その可能性がないわけじゃないことを、ノエルも歴史を学んで知っている。

「アシュリー様もおつらかったでしょうね……」

「つらいというか歯がゆかったわ。陛下を殺したくないなら、ベラと馬鹿王子と一緒に幽閉しちゃえばよかったのよ。私は何度もそう言っていたのに、あの子は血のつながった者たちを最後まで見捨てられなかったのよね」

「……お優しい方ですね」

「単に甘いだけよ。しょせん王族なんて血で血を洗う一族なんだから、あの子にはそれだけの覚悟がなかったのよね」

きっぱりと言い切ってアシュリーは紅茶を飲んだ。その美しい平然とした顔を見れば、偽りを言っているようには見えない。サイラスには親子の情があるようだが、アシュリーは国王に夫婦の情を抱いてないようだ。

――そりゃあアシュリー様にしてみれば、一方的に婚約破棄されて、しかも王妃に望まれながら妻として愛されず、我が子は命を狙われて暗愚にならないといけないって、私だったら泣いて暮らすわ。心が弱って早死にするかも。

そこでようやく、この件はアシュリーにとっても復讐なのだと思い至る。……鉛(なまり)を飲み込んだような重苦しい気分になった。

暗い空気を変えたかったのか、アシュリーが話を戻した。

「貴族や王族の決闘は代理人を立てることがほとんどだから、王太子は他国の凄腕の傭兵を雇ったそうよ。第二王子を派手に負かすところを見せつけたいのでしょうね」

「ではサイラス殿下も――」

「あの子は自ら出場すると宣言したわ」

ノエルは持ち上げようとしたティーカップをソーサーに落としてしまう。ガチャン、とマナーに反する音を立ててしまったが、アシュリーは何も言わず微笑んだままだ。

ノエルは呆然と彼女の美しい顔を見つめてしまう。

この国の決闘は誇りと家名をかけて戦うもので、負けたら生きていくことが叶わないほどの恥をかくと聞いた。死と同義になると。

つまり決闘とは、血生臭い殺し合いに相当するのだ。

だからサイラスは王太子に手袋を叩きつけた際、遺書を用意しておけと言い放った。

「……大丈夫、でしょうか」

「大丈夫よ」

アシュリーはにっこりと微笑んで頷いた。その表情には何の翳りもない。

「聖女様、本当に案ずることはないのよ。王太子側は傭兵以外にも何か画策しているようだけど、サイラスが負けることは万に一つもないわ。安心して」

「はあ……」

つまりこちらも対策してあるから平気だ、と言いたいのだろうか。

アシュリーはとても楽しそうに微笑んでいる。

「最近の王城は、王子たちの決闘の話題でもちきりよ。当日は観客も多くなるでしょうね」

「そんなに見物人がいるんですか？」

「いるでしょうね。王太子と第二王子の決闘だなんて、この国の未来を決めると言っても過言じゃないわ」

サイラスが王太子へ手袋を投げつけた動機は、心優しい聖女が不当に虐げられたことへの義憤で、しかも勝利した暁には聖女へ求婚すると公言していた。

そのため世論は第二王子擁護に傾いているらしい。

国民は先代聖女の知識によって生活が豊かになったため、召喚聖女を神格化している。

その聖女を虐げるなど許されざるふるまいだ。

　王太子の人気は、今やガタ落ちだという。

　しかしそうなると、決闘の勝敗によって王位継承問題が発生する。国民を味方につけて聖女を手に入れた第二王子の方が、立太子された第一王子より王位にふさわしいとの流れになるだろう。

　この決闘は、二人の王子の進退を決める決戦でもあった。

　アシュリーは扇を広げて口元を隠すと、低い声で「フフフ……」とうっすら微笑む。

「オペラグラスを使えば、王城からも修練場はよく見えるのよね。官吏や使用人も見物しやすいわ」

「騎士団の修練場とは、闘技場のようなところでしょうか」

「全然違うわ。広めの土地を木でぐるっと囲んだ場所よ。広い運動場という感じね」

　闘技場は王都の外にあるため、祝祭でもない、たかだか一組の決闘試合のために開放する必要はない、とアシュリーが主張したという。

　彼女はほんのりと昏い目をして、「決闘は娯楽でもあるから、さぞ衆目を集めるでしょうね……」と笑っている。

　もしかしたら、アシュリーが決闘の会場を闘技場ではなく修練場にしたのは、王城で働く者たちにも観やすいとの目論見があるからかもしれない。王太子が負ける様を見せつけたいと、王太子側と似たようなことを考えて。

……どこの国も、王族は深い闇を抱えているのね。とノエルは彼女から視線を逸らした。

◇　◇　◇

決闘当日、ノエルはサイラスから贈られた衣装を身に着けることになっていた。内容はブラックドレスと黒い靴、黒レースの手袋、黒いレースリボンだ。

黒一色の衣装が届けられたとき、ノエルは目を丸くして、侍女たちははしゃいでいた。

「黒のドレスなんて喪服と同じと思っていましたが、素晴らしいお仕立てですね！」

「レースがふんだんに使われて、ノエル様の白い肌が透けて見えるから素敵です！」

「黒はサイラス殿下のお色であり、先代聖女様のお色でもありますから、聖女様のお召し物としてピッタリです！」

確かに着てみると素晴らしいドレスだった。上質でなめらかな黒い牛地とレースによって、ノエルの白い肌が引き立てられている。黒と白のコントラストがまぶしく、素肌の瑞々しさと透明感も際立って実に美しい。

しかもドレスにたっぷりとあしらわれている宝石は真珠だ。粒の大きさや形がそろって傷もなく、日の光を浴びると神秘的な輝きを放つからうっとりする。

さらに銀糸で刺繍が施されており、夜空に光る星々のよう。

ため息を吐くほど美麗なドレスだ。

箱の中には珊瑚のイヤリングも入っていた。コーラルネックレスと共に身に着けると、明暗の世界に赤い光が差し込んだようで華やかさが増す。

……これほどの装いは夜会用になるのではと思ったが、頭部と首元以外の肌はすべて覆われているので、ギリッギリ明るい時間帯でも許されるという。とはいえ、実際に昼餐会やお茶会に着ていくことは難しいとのこと。黒は夜をイメージさせる色であるし、迫力と攻撃力がありすぎて。

つまりこれは、聖女は第二王子殿下を支持していると全身で表す武器なのだ。言葉で告げるよりもあからさまな訴え方である。

ドレスを着つけた後は薄化粧を施し、すでに金色に戻した髪を結う。わざと髪の短さを強調するため、後頭部の上半分だけを結って黒いレースリボンで留めた。

王太子の追っ手から逃げるために髪を切ったことは、アシュリーによって国中に広まっている。

聖女の短い髪は、不撓不屈の精神で王太子に抗った証になるらしい。

ノエルはそんなふうに思ったことはないが、王太子側を追い詰める理由になるなら、好きなだけ理由づけしてくれたらいいと思う。

聖女を迎えに来たアシュリーは、黒色のドレスを着たノエルを見て頬を染めた。

「まあまあまあっ！　素晴らしいわ！　聖女様は伝統的に白色を身にまとうけど、黒も美しいわね！」

「ありがとうございます。これほどのドレスをいただいて恐縮ですわ」

確かに鏡に映る自分はびっくりするほど輝いている。侍女たちのおかげだ。

さっそくアシュリーと共に修練場へ向かう。半月ぶりに離宮の外へ足を踏み出した。

修練場まではそこそこの距離があるため、当初は馬車を用意することになっていたが、アシュリーの希望で王城の中を通って向かうことにした。

城内を歩くのは初めてになる。豪華絢爛との言葉がふさわしいきらびやかな通路を歩けば、そこかしこから視線が突き刺さり、ひそひそと囁かれている気配を感じた。

だがノエルは背筋を伸ばして穏やかに微笑み、よそ見をせず優雅に歩く。聖女は国王と同格だというなら、ハッタリでも威厳を示すべきだ。

サイラスの隣に在(あ)りたいならば。

王城を通り抜けて修練場に着くと、すでに集まっていた多くの見物人が聖女の黒い姿を見てざわめいた。貴族の中には、決闘の勝敗によって人生が大きく変わる可能性のある者がいるため、蒼ざめたり喜色満面になったりと忙しい。

ノエルは表情を変えないまま、修練場をぐるりと見回した。

騎士が修練をする場なので観覧席などは造られていない。そのため運動場を囲む木々の下に、たくさんの椅子が並べられている。特に南側には日除け(ひよ)の布が張られ、豪奢で立派な椅子が設置されているから、国王が座る席なのだろう。

準備が大変そうだわ、としみじみ考えていたら、騒がしい一団がやって来た。王太子と第一王妃である。二人はブラックドレスを着たノエルを見て同時に目を剥いた。

叫んだのは第一王妃の方だ。

「聖女ノエル！　その格好はなんなのッ！」

露骨すぎる姿に、王太子などは視線で殺せるなら殺してやりたいとばかりに睨んでくる。恐ろしい。

とはいえ相手にしたくないから、微笑むだけで無視しておく。

アシュリーが北側の空いている席へ向かったのでノエルも続いた。南側に国王が座るなら王太子たちもそちらへ向かうだろう。

予想通り南側に座った王太子が、恨みの視線を突き刺してくる。

……ノエルの威厳はハッタリなので、内心ではものすごく震え上がっていた。なので微笑んだまま軽く眼差しを伏せておく。これだと表面上は、「おまえなど歯牙にもかけていない」といった感じにとらえてくれるらしい。

それからしばらくして国王が入場する。この場にいる者が一斉に立ち上がって頭を下げた。

国王は北側にいるノエルの姿を認めて、ギョッとした表情になっている。傍（かたわ）らにいる側近らしき男性に何事か告げると、その人物が小走りで近づいてきた。

「聖女様。あちらに貴賓席をご用意しております。ご移動ください」

「いいえ、第一王妃殿下と王太子殿下がいらっしゃる席に、わたくしは同席しません」

にっこりと微笑んで告げれば、その男性は真っ青になって慌てている。「そんな」とか「困ります」とか続けていたが、アシュリーが不機嫌そうに扇を鳴らしたので、すごすごと国王のもとに戻っていった。

ノエルの周囲にいる貴族たちは、当然やり取りが聞こえているので、再びざわめいてヒソヒソと小声で話し合っている。正面に腰を下ろした国王は不機嫌そうだ。

聖女が国王側へ移動しないため、修練場には不穏な空気が満ちていた。なにせ国の権威が真っ二つに割れている状況だ。

ここで張り詰めた空気が破られる。王城側の出入り口からサイラスが現れたのだ。第一騎士団の団員を何名か従えている。

サイラスは群青色の騎士服を着ているから、驚いたことに鎧などの防具は何も身に着けていない。長剣を腰に差しているが、王都で会っていた頃とまったく同じ姿だ。

ノエルは、あんな軽装で本当に大丈夫なのかと、組み合わせた両手にぐっと力を込める。

ただ、彼を見つめていたら奇妙なことに気づいた。

――あの人、本当にサイラス様？　……いや、本物よね。でもあれって……

サイラスの全身に強大な魔力が渦巻いているから、今までの彼の気配とまったく別物になっている。一瞬、影武者が登場したのかと目を疑った。

そのサイラスはぐるりと周囲を見回し、ノエルで視線を止めると修練場を横切って近づいてきた。黒い瞳がまっすぐノエルだけを見ている。

互いの距離が近づくにつれて、ノエルの心臓の鼓動が激しくなった。無意識のうちに立ち上がると、正面に立つ彼がこちらの右手をすくい上げ、手の甲に唇を落とす。

周囲から動揺の声と黄色い悲鳴が響いた。

「聖なる乙女。我が剣と勝利をあなた様に捧げます。どうか見守っていてください」

「は、はい……っ」

ノエルは心臓が体から飛び出すかと思うほど、大きく跳ね上がったと感じた。ふらつきそうになるのを根性で耐える。ここで尻もちをつくような情けない姿をさらしたくない。

ふと彼が顔を上げたとき、その両耳に赤い飾りがないことに気づいた。

ピアス、と小さく呟けば、サイラスが目を細める。

「今はあなたの耳を飾っていますよ」

反射的に耳に触れたが、そこから魔力は感じない。ただのイヤリングだ。魔道具ではない。

けれどノエルは、なぜ彼が男性にしては珍しいアクセサリーを身に着けていたのかを理解した。そういうことだったのかと驚きすぎて放心する。

このとき貴賓席から王太子の罵倒が響いた。

「おいサイラス！　見せつけてんじゃねえよ！　おまえが負けたら聖女は俺のものだからな！　おまえの目の前で犯してやる！」

これにはノエルやアシュリーだけでなく、観客もドン引きになった。

確かに決闘は殺し合いだが、その大前提は王侯貴族の誇りをかけた神聖なる戦いだ。建前を崩したら、金を賭ける闇の格闘試合と同じレベルになってしまう。貴族社会は見栄と面子(メンツ)が重要なのに。

しかも次代の王になる人物が、あまりにも品がない。西側に固まっている王太子派の貴族たちは、ますます顔面蒼白になって失望が広がっていく。

サイラスは王太子を歯牙にもかけず、視線をアシュリーに向ける。

「彼女を頼みます」

「もちろんよ。勝ってらっしゃい」

とても機嫌がよさそうなアシュリーが鷹揚に頷くと、サイラスは修練場の中央へ向かう。

腰を下ろしたノエルは、ようやく対戦相手と思われる男性がいることに気がついた。サイラスと向かい合う男を見てノエルは目を限界まで見開く。

――えっ、あの人って人間なの？

全身に鎧を身に着けているせいか、サイラスより一回りは大きく、優に見下ろせるほどの大男だ。

しかも武器は剣でなく、フレイル型のモーニングスターを持っている。それは人の頭よりも大きな鉄球が、持ち手に鎖でつながれた凶悪な武器だ。鉄球には鋭い棘が無数に生えており、かすっただけで肉体が損傷するかもしれない。

おまけにリーチの長さで剣は不利になるだろう。

ゾッとするノエルは隣に座るアシュリーを盗み見る。あいかわらず彼女は平然としていた。

以前、サイラスが負けることは万に一つもないと聞いていたが、本当にそう信じて疑っていない様子だ。

ノエルはその理由を察したものの、それでも心の中で彼の勝利を女神に祈っておく。

……その願いをかき消すような王太子の怒声が響いてきた。

「傭兵！　そいつを八つ裂きにしろ！　ぐちゃぐちゃの肉片になるまで叩き潰せ！」

王太子派の貴族のうち、一部の者はそっと退場していく。

アシュリーが楽しそうな声を漏らした。

「あらあら。陛下が頑張って情報操作してくれたのに、どんどん好感度が下がっちゃうわねぇ」

ノエルはもう、アシュリーの方を見ることができなかった。とにかくサイラスを応援しようと、彼だけを見つめることにする。

審判役の近衛騎士団長が注目を集めるように咳払いをした。

「ただいまより、ジュード・ライズヘルド王太子殿下と、サイラス・ライズヘルド第二王子殿下の決闘試合を始めます。王太子殿下は傭兵のハンクス氏を代理人としてたてており、これは陛下に認められております。第二王子殿下は代理人をたてなくて本当によろしいので?」

「構わない。人の後ろに隠れて吠えるだけの臆病者になるつもりはないからね」

再び王太子が喚き出した。さすがに国王が注意しているが、煽り耐性がないのか罵倒を止めようとしない。優秀で民思いの優しい王子様のはずなのに、どんどん化けの皮が剥がれていく。

一人、二人と、西側にいる貴族が席を立って修練場を出ていった。

再び隣から、「弱い犬ほどよく吠えるって本当なのねぇ」と弾んだ声が聞こえてくる。

ノエルは居心地の悪さにちょっと泣きそうだ。

「えー、勝敗はどちらかが地に伏せたとき、または行動不能になったとき、あるいは国王陛下が止めたときになります。――では両者、構えて！」

ハンクス氏がモーニングスターを持ち上げ、サイラスは剣を……構えることはせず、ただ面白そうに対戦相手の得物（えもの）を眺めている。

近衛騎士団長が困惑の声を漏らした。

「……あの、殿下」

「ああ、始めてくれ。いつでもいいよ」

まるで、今日はとてもいい天気だね、と世間話をするみたいな気安さだ。審判は戸惑いつつも、「始めッ！」と声を張り上げて後退する。

先に動いたのはハンクス氏の方だった。雄叫びを上げてモーニングスターの鉄球を振り回し、その勢いのままサイラスへ打ちつける。

ノエルはこのとき、モーニングスターから魔力が高まるのを感じ取った。

――魔道具！

突如サイラスの近くで爆発が起きた。轟音が響いて爆風が四散し、巨大な炎の塊が燃え上がる。

金縛りに遭ったかのように固まっていたノエルだが、王太子と第一王妃の醜悪な笑い声で我に返った。

生きていれば治せる、とノエルが慌てて立ち上がったとき、アシュリーの鋭い声で止められる。

「聖女ノエル。動いてはなりません」

「でも！」

「いいから見ていなさい。――私はね、ずっとこの日を待っていたの。誰にも邪魔はさせないわ」

凄みさえ感じさせる低い声に、萎縮するノエルは大人しく腰を下ろした。その途端、爆心地で巨大な水柱が噴き上がる。

炎が一瞬で消えると水柱もかき消え、そこには無傷のサイラスが立っていた。あれほどの爆発に巻き込まれていながら焼けた跡さえない。

観客からどよめきが上がる中、サイラスが剣を抜いて駆け出した。目にも止まらぬ速さでハンクス氏に斬りつける。相手の利き手の辺りから鮮血がほとばしったのと同時に、モーニングスターが地面に落ちた。

ハンクス氏が叫びながらサイラスに殴りかかる。が、何をどうしたのか巨体の方が吹っ飛び、王城の壁に叩きつけられた。

鎧と合わせて百キロ以上はありそうなのに、十メートル近くを水平に飛ばされたのだ。

ハンクス氏はそのまま地面に音を立てて崩れ、微動だにしない。

「——審判、どうした？　相手は地に伏せたし行動不能になってるぞ」

サイラスが不思議そうに、なぜそんなに呆けているのかと言いたげに近衛騎士団長を見ている。

審判役の彼はサイラスとハンクス氏を交互に見た後、サイラスの勝利を叫んだ。

大歓声が修練場に沸き上がる。しかし。

「貴様ァ！　魔道具を持っていたな！　魔道具は持ち込み禁止のルールを知らんのか！　反則だぞ！」

立ち上がった王太子が、サイラスに指を突きつけて罵声を放った。

「見ましたか父上！　奴は神聖な決闘を穢したんです！　反則負けです！」

ノエルはあきれ果てて、口を半開きにしたまま反論もできなかった。どの口がそれを言うのかと。

会場の空気も、王太子への非難を含んでざわざわと揺れている。王太子派の見物人もさすがに賛同できないのか身を縮めていた。

サイラスは貴賓席へ近づくと皮肉そうに笑う。

「私は魔道具など使っていませんよ。それは陛下が一番よくわかっているはずです」

会場内の視線が一斉に国王へ向けられる。彼は目を見開き、ひどく恐ろしいものを見たと言いたげにサイラスを凝視していた。

「そうですよね陛下。あなたはわずかだが魔力を持っているから、私が魔力持ちであるとわかるはずだ」

……わかる、とノエルは心の中で頷く。魔力持ちは魔力を感知できるから、魔道具や魔術師を見抜くことができるのだ。

修練場に現れたサイラスを影武者だと勘違いしたのは、今まで微塵も感じなかった強大な魔力を感じたせいだった。おそらく彼が身に着けていたピアス型の魔道具は、使用者の魔力を封じるものなのだろう。

「おまえは……それほどの魔力があったのか……」

「はい。母上は私を産んですぐに魔力を封印しました。赤子の私が陛下に殺されるのを防ぐために」

「…………」

「あの頃はまだ母上も権力を掌握していませんでしたからね。母上の機転でこうして生き長(なが)らえることができました」

ノエルはアシュリーにおそるおそる声をかける。

「どうして魔力持ちだと陛下に殺されるんですか？」

「この国の王位継承に関する法律では、生まれた順番以上に魔力の多さを重要視するの。第一王子はまったく魔力がないから、サイラスが立太子される可能性は高かったわ」

いことなのだろう。

「なるほど、それで……」

第一王妃を寵愛する国王にしてみれば、第二王妃の子どもが王太子になるなど許しがたいことなのだろう。

サイラスが王太子に視線を向ける。

「私が魔道具を使っていないことは、陛下ご自身が証明してくださいました。ではモーニングスターはどうでしょう?」

「……クソッ」

憎々しげに呟く王太子だが、言い返すことはできない様子だった。国王は肩を落として、「この決闘、サイラスの勝利とする」と静かに告げた。

その直後、第一王妃が勢いよく立ち上がった。

「王太子が負けるはずがないわ！　何が魔力よ、おまえなんて死んでしまえばいいのよ！」

言うやいなや、握り締めていた小さな笛を思いっきり吹いた。魔力を帯びた鋭い音が響き渡り、ノエルは鳥肌が立つほど猛烈に嫌な感覚で身震いする。

――西から何かが来る。

慌ててアシュリーへ、「この場から離れた方がいいです！」と告げたとき、西側の木々の奥から三頭の黒い獣が飛び出した。

「魔獣だわ！」

アシュリーの悲鳴混じりの声にノエルは目を見開く。それは全身がぐにゃりと歪んだ塊に、尻尾と四肢、鋭い牙とギラついた双眸がついた歪な生命体だった。

故郷には存在しない魔獣を初めて見た途端、怖気から脚が動かせなくなる。

——あれが魔獣。

観客の貴族たちに魔獣が襲いかかり、警備の騎士たちがいっせいに駆けつける。しかし彼らが戦う前に、突然風の刃が魔獣に斬りかかって首が落とされた。サイラスの魔法だ。

彼は第一騎士団の部下たちへ、まだ周辺に魔獣が残っていないかどうかの調査を命じる。

そして第一王妃に向き直った。

「魔獣に人を襲わせるのは大罪です。王妃殿下といえども極刑は免れませんよ」

「わたくしがやったとでも言うの？　なんて無礼なの！」

「ではその笛を調べましょう。おそらく魔獣を呼び寄せるか混乱させる魔道具でしょうから」

「嫌よ！　陛下、わたくしに罪をなすりつけようとする、この無礼者を捕らえてくださいませ！」

サイラスは視線を国王へ向ける。王は頭を抱えてうなだれていた。

「陛下、王妃殿下はこうおっしゃっていますが、まだ庇い続けると？」

「………」

「現実逃避は後にしてください。それよりもこの不始末、どう収めるつもりですか」

国王は頭を抱えていた手で顔を覆って崩れ落ちる。それでも側近へ、「第一王妃を捕縛せよ」とかすれた声で命じた。

「陛下！　わたくしを見捨てるおつもりですか⁉　わたくししかあなたを理解できる者はいないのですよ！　わたくしがいなかったら誰があなたを慰めるのです⁉」

怒声を上げながら連行される第一王妃を、王太子は呆然としたまま見送ることしかできなかった。

サイラスは聖女へ視線を向ける。

「ノエル！」

「はっ、はい！」

「怪我人の治療をお願いします」

「はい！」

はしたないけれどドレスをたくし上げて、地面に倒れている人たちのもとへ駆けつける。呻き声がそこかしこから上がっているので、亡くなった者はいないようだ。

人数が多いので、範囲魔法で一気に治癒することにした。癒しの魔力を解放すると、虹色の光がノエルを中心にして広がっていく。女神の恩寵ともいえる、温かくて優しい魔力が修練場の三分の一を包み込んだ。

「おお、これが癒しの魔力……！」

「聖女様の、神の御業だ！」

そこかしこから歓声が上がり、修練場だけでなく、王城からも声が響いてきた。やがてその声は、「聖女様、万歳！」との連呼に変わっていく。

ノエルは驚いて萎縮し、内心で怯えてしまう。

――そっか、この国の人たちって魔法をめったに見ないんだわ。

第一王妃の蛮行など、忘れてしまったかのように熱に浮かされている。喜ばれているので悪い気はしないが、ノエルはこういうとき、どのようにふるまったらいいかわからない。困って立ちつくしていたら、サイラスが近づいてきたのでホッとした。

「ノエル、ありがとう。あなたのおかげで民が救われた」

いいえ、と恐縮していたら、サイラスがこちらの腰を抱き寄せて国王の前へ向かう。

「陛下、見届けてください」

サイラスがノエルと向かい合い、足元に跪いて両手を握り込む。ノエルは目を見開き、周囲の喧騒が一瞬にして静かになった。

「聖女ノエル。あなたの騎士として忠誠を誓い、一人の男として生涯を捧げます。どうかこの命が尽きるまで、永遠にそばにいてください。――私の妻として」

ノエルが硬直していると、いつもとは違う角度で見上げる彼がにこっと微笑んだ。

その表情に、ふとサイラスに初めて会ったときのことを思い出す。暴漢に襲われて騎士団の待機所へ向かった後、彼と二人きりになったとき、こんなふうに微笑まれた。

こちらの警戒心を薄める人懐っこい笑みで、追っ手に怯えるノエルの心にするりと入り込んだことを覚えている。

彼と過ごした時間は、今までの人生の中でもっとも幸福だった。ノエルを聖女だと知っていたからこその厚遇だとしても、心を尽くして向き合ってくれたから。

そしてこれからもずっとそばにいたいと望む、私が愛する唯一の人。

「……はい。わたくしも残りの人生をあなた様に捧げます。どうか妻にしてくださいませ」

万感の想いで彼の手を握り返すと、立ち上がったサイラスにきつく抱き締められる。

再び修練場に歓声が沸き上がった。

サイラスの求婚は嬉しくて感動したのだが、気持ちが落ち着いてくると、衆人環視での公開プロポーズはめちゃくちゃ恥ずかしい。ノエルは思い出すたびに鼻血が出そうになる。

とはいえ、あれは牽制(けんせい)でもあると理解していた。第二王子が聖女を手に入れて、それを国王が見届けたと周知されることが重要なのだろう。

生まれたときから不遇な扱いを受けていたサイラスが、その地位を盤石なものにして幸せになれるなら、公開プロポーズぐらい耐えられる。

……とのことを、ノエルは自室のソファで転がりながら考えていた。

今の時刻はすでに夜。午前の決闘試合からかなりの時間が経過している。しかし部屋まで送ってくれたサイラスは、『後始末があるから』と告げてすぐに去っていった。それ以降、顔を出すことはなく、アシュリーも王城での話し合いから戻ってこない。

自分だけがこんなにのんびりしていていいのだろうか。しかし王城での職務を持たないノエルにすることはない。

罪悪感を抱えながら夕食を済ませて、侍女たちに話し相手になってもらう。彼女たちが仕入れた情報では、すでに決闘でのことが王都に広がっており、王太子の不正や第一王妃の暴挙が非難され、第二王子と聖女が結ばれることを祝福されているという。

……情報の拡散が早すぎないだろうか。まあ、アシュリーが何かやったのだろうが。

やがて侍女たちから、「そろそろ湯浴みをいたしましょう」と言われて寝支度をすることになった。

湯上がりにレモン水をちびちびと飲んでいたら、離宮の外からざわざわと人の気配や明かりが近づいてくる。アシュリーが戻ってきたのかと思い、寝間着の上にガウンを羽織った。

しばらくすると扉の向こう側で、誰かが揉めるような話し声が聞こえてくる。どうしたのだろうと扉に近づいたとき、ノックもなしに扉が開いてサイラスが飛び込んできた。

「ノエル！　会いたかった」

歓喜が弾けるような笑顔で、ぎゅうっと抱き締めてくる。ノエルも喜んで硬い体を抱き締め返すと、アシュリーの冷たい声が降り注いだ。

「サイラス、今何時だと思ってるの。マナー違反よ」

「少しぐらい婚約者との逢瀬を認めてください」

「まだ正式な婚約は結んでいません」

「陛下がノエルとの結婚を認めたんですよ。もう婚約者です」

「王族は婚約の儀を執り行うことを忘れましたか？」

「忘れていませんけど見逃してください。追い出されても窓から侵入します」

「ここの警備をかいくぐれると思って？」

「私はもう魔力を自由に使えますけど？」

親子の応酬は、アシュリーがグッと押し黙ったことで勝負がついた。彼女は渋々と、

「一時間だけですよ」と苦い顔で告げて立ち去っていく。

扉が閉まり二人きりになって、ノエルは彼と向かい合った。

「サイラス様、私も会えて嬉しいです」

自然と互いの顔が近づいて唇が合わさる。ちゅっと軽く吸いついてすぐに離れたけれど、見つめ合う眼差しに引かれて再び重なり、また角度を変えて触れ合う。

その間、彼の手はノエルの体中を這い回っていた。手が届く範囲を熱心にまさぐり、やがて胸部のリボンを解いてガウンごと床に落としてしまう。

「どっ、どうして脱がすんですかぁ……っ」

ショーツのみの半裸になってしまい、慌てて胸を両手で隠した。

「半月も会えなかったんですよ。お茶ぐらい一緒に飲みたいと母上に頼んでいたのに、離宮に忍び込んだ罰で禁止されていたのです」

ふてくされた表情になるから、彼に求められる喜びで胸がきゅんとする。でも一時間すれば迎えに来るとわかっているのに、彼とベッドへ行くことはできない。一時間では絶対に終わらないとわかっているから。

「あああのっ、お話ししませんか！　第一王妃殿下はどうなったのでしょうか⁉」

「裁判が始まるまで貴族牢に入ってますが、そのまま幽閉でしょうね」

話す気はあるようで、サイラスはノエルを抱き締めて額に口づけながら語った。

第一王妃の魔道具が、魔獣に影響を及ぼすものであると判明したという。宝物庫から無断で持ち出された品であることも。

宝物庫にある魔道具は、王族でも勝手に使うことは許されない。鍵は国王が保管しているが、中に入るには議会の承認が必要だ。

聖女を拉致する際にも、攻撃力が高い魔道具が持ち出されて大問題になっていた。あれは国王が、『鍵を失くしていた時期に何者かが持ち出した』と苦しい弁解をしている。

さらに魔道具を使った王太子は、『落ちていたものを拾った』と知性のかけらもない言い訳をしており、今までずっと揉めに揉めていた。

しかしさすがにモーニングスターのような巨大な武器を、『拾った』なんて誰も信じない。宝物庫からも同じ形状のモーニングスターが消えていたため、王太子は許可なく魔道具を持ち出し、決闘で使用した罪に問われることになった。

そして修練場を取り囲む木々の奥に、魔獣を運んだ檻が見つかり、第一王妃付きの近衛兵も何名か潜んでいた。彼らが第一王妃の命令で魔獣を用意したことを白状したので、第一王妃は即座に貴族牢へ入れられることになった。

ただ魔獣の襲撃に関して、王太子は知らなかったと主張している。第一王妃も王太子は関わっていないと言い切り、国王も庇ったため、王太子は収監されていない。

それを聞いたノエルは少しホッとする。王太子など幽閉になっても構わないが、サイラスが本音では悲しむと思ったのだ。アシュリーがサイラスのことを、『血のつながった者たちを最後まで見捨てられなかった』と言っていたから。

確かに彼の考え方は甘いのかもしれない。血で血を洗う王族に生まれた以上、親兄弟を切り捨てる場面なんていくらでもあるだろう。

でも歴史上に仲のいい王族一家だって存在するのだから、今は無理でもいつか彼に家族という安らぎを与えてあげたい。自分は彼と夫婦になるのだから。

それを思えば、お腹の奥から熱い奔流のような高揚感が湧き上がってくる。脚の付け根がウズウズしてきたが、ここで油断してけいけない。

「……サイラス様、服の装飾が痛いから、離して……」

自分はほぼ裸なのに、彼はきっちりと着込んでいる。しかも今日は騎士服ではなく、王子らしい豪奢なフロックコートにウエストコート、クラヴァットにいくつもの勲章を身に着けていた。

しかしサイラスは、「ああ、すまない」と言いながら突然服を脱ぎ出すではないか。

「え、まっ、なんで⁉」

「なんでって、あなたの肌を傷つけるわけにはいかないし」

「ええ……？」

こちらが混乱している隙にスラックスまで脱ぎ始めたため、ノエルは両手で顔を隠して視界を閉ざす。しかし全裸になったサイラスに抱き上げられ、寝室に運ばれてしまった。

「待ってください！　一時間もしたら迎えが来ます！」

「あなたを愛でるには時間が足りなすぎるけど、まあ頑張ります」

「何を⁉︎」

サイラスが、ジタバタと逃げようとするノエルをベッドに下ろして覆いかぶさってくる。唇を塞がれて彼の舌がすべり込み、徐々に深くなっていく口づけに力が抜けた。抵抗していてもサイラスとのキスが嬉しいから、「あなたの好きなようにして」と無駄な力みが抜けていく。

自分もこうして触れ合うことを望んでいたのだ。逃げようとする気力などあっという間に消えてしまう。

それを感じ取ったサイラスが唇を離し、額を合わせて見つめてくる。

「やっとあなたを抱ける。愛しい人がそばにいない時間を、ずっと耐えていたんです」

嬉しそうに目を細めて呟くから、胸が高鳴って幸せで泣きそうになる。同時に、ずっと疑問に思っていたことを囁いた。

「……どうして私に、敬語で話しかけるのですか？」

「ああ、初めて会ったときからあなたが聖女だと知っていましたから、自然に」

そういえばアシュリーも、敬語を外してもらうのに時間がかかった。こんなときだというのに、この国の人が聖女に向ける畏敬の念を感じ取り、身の引き締まる思いを抱く。

その反面、第一王妃や王太子の考え方がいかに異常であるか察せられた。そんな彼らを偏愛(へんあい)する国王の歪(いびつ)さも。

サイラスやアシュリーが王家にいて本当によかった。でなければ召喚後、自分は心を病んでいただろう。

彼との出会いを心から女神に感謝する。

「私、好きな人には、普通に話してほしいです……」

もじもじと上目遣いにおねだりすれば、サイラスがうっとりと微笑んだ。

「聖女様のお望みのままに」

からかうように囁きながら体を下げていくと、すでに勃ち上がっている胸の突起を、ぱくっと咥えられた。肌で感じる口腔の熱さに、彼の興奮を悟って心臓が早鐘を打つ。

乳房に歯が当たると、噛みちぎられるかもとドキドキして蜜口が濡れてきた。さらに舌で舐め回されるたびに、ぬるっとした感触が肌を這い回って気持ちいい。

もっとたくさん私を食べてと、淫らな願いで頭がいっぱいになる。

「はう……あぁん……んくっ、ふぅ……」

もう片方の乳房も丁寧に舐められて揉まれて、お腹の奥が疼いて蜜があふれそうだ。

彼が、ちゅぱっと音を立てて乳首に何度も吸いつくから、先端の色が濃くなって唾液でべたべたになる。そんな自分を見ているだけで興奮する。彼にとって自分の体がおいしいのだと嬉しくて、サイラスへの愛しさがどんどん膨れ上がってくる。

ノエルだって半月もの間、彼の声が聞けず寂しかった。気配も感じられない日々を持て余していた。本当はこうやって彼に触れたいと、彼に可愛がってほしいと、はしたないことを考えて眠れない夜もあった。

「サイラス様……」

切ない声で呼べば、彼が乳房をしゃぶりながら視線だけを寄こしてくる。見つめ合っていると、彼の唇から乳首がちゅるっと抜け落ちた。あまりにも卑猥な光景なのに目を逸らせない。

肉欲にまみれた黒い瞳を見ているだけで、愛しさと劣情ともどかしさが高まっていく。どうにかなりそうな気持ちが膨らみ、お腹が猛烈に疼いてくる。

もう一度サイラス様と名を呼べば、彼はひどく悪い顔で微笑んだ。

「私が欲しい？」

……ものすごく欲しい。頭がおかしくなりそうなほどに。

素直に頷けば、体を起こしたサイラスが優しくノエルをひっくり返す。

「膝を立てて。四つん這いになってごらん」

その体勢だと濡れた局部を彼に見せつけることになる。でも欲情して体温を上げる肉体は抗うことなく、従順にお尻を持ち上げた。

サイラスの大きな手のひらが臀部をまさぐってくる。くすぐったくてもどかしくて、もっと直接的な刺激が欲しくて、いやらしくお尻を振ってしまう。

「いい眺め……」

舌なめずりをしてそうな声がお尻側から聞こえてくる。ノエルは恥ずかしくて瞼をぎゅっと閉じた。

サイラスの手が、唯一ノエルの肢体に残るショーツを引き下ろす。焦らすようにゆっくりと、太ももを撫でながら膝まで下げていく。

ショーツの船底と蜜口の間に、とろりとした粘液が伸びて一本の糸になった。ノエルの発情の証を凝視するサイラスは、口角を吊り上げて悪戯な笑みを浮かべる。

「胸を触っただけで、すごいな」

その言葉で、自分の恥ずかしいところがどうなっているのかノエルは想像できた。羞恥から身を縮めてしまい、蜜口もきゅっと窄まる。肉びらの収縮に蜜が押し出され、もう一本、透明な糸がショーツへ垂れ落ちた。すぐに局部への力みがゆるみ、くぱぁっと陰唇が開いて肉びらの間にも糸が伸びる。

淫猥な姿にサイラスの嗜虐心が泡立てられる。彼は膝立ちになると性急にノエルを貫いた。

「んんぅっ！」

待ち望んだ快感が肉体の中心を駆け抜ける。初めての後背位は今までとは違う媚肉をこするから、不意打ちの刺激にノエルの背中が反り返った。きゅうぅっと強く肉棒を締めつける。

サイラスは歯を食いしばって快楽の直撃に耐えると、最初から激しく腰を打ちつけた。ほぐされてもいない、まだ生硬い蜜路を容赦なく突き上げる。

子宮口をノックする刺激と摩擦の気持ちよさで、ノエルは喘ぎが止まらず上の口から涎を垂らしてしまう。下の口からは蜜液が飛び散って、ノエルの膝で留まるショーツに淫らな染みを広げていく。

「あっ、ああっ、あんっ、んんっ、んーっ」

いつもより肉竿の先端が奥の奥へ入っているせいか、お腹を突かれる感覚が強い。呼吸が乱されて息が苦しい。でもすごく気持ちよくて目がチカチカしてくる。

出し挿れされるたびに疼きが溜まって破裂しそうで、意識もだんだん白く濁って、彼に植えつけられる快感のことしか考えられなくなる。でも思考がぼやけるのに膣は締まるから、彼に刺激を刻み続けた。

「ハッ、すごい……、気持ちいい、もう出る……っ」

いきなり抽挿が激しくなり、パンパンと肉を打つ甲高い音が響いた。

子宮口を突き抜けそうな勢いが少し怖いけれど、さらに気持ちよくて、あなたも好くなってほしいと彼をもっと締めつける。膣路がますます濡れて、くちゃくちゃと咀嚼するような水音が止まらない。

「ひっ、あっ、ああっ、あ――……っ」

快楽に耐えきれなくなったノエルは、弓のような姿勢で仰け反ると絶頂へ意識を放り投げた。同時に陽根を隙間なく抱き締め、媚肉で根元から先端まで扱き上げる。

「ウッ……！」

サイラスは呻きながら互いの局部を密着させて、思いっきり精を放った。子宮口に亀頭をめり込ませ、勢いよく白濁を噴き上げる。

ノエルは初めて感じる、熱い精が注がれる快感に大きく痙攣した。

「んんぅ……っ」

絶頂から降りかけたときに再び押し上げられ、意識が淡く拡散する。目を開けていながら何も見えない。しかも咥え込んだ肉棒が跳ねるたびに、断続的な快感がほとばしって脳が揺さぶられる。

お腹の奥がサイラスで満たされるようだった。子種の量が多すぎて子宮が飲み零し、逆流した分が結合部からあふれてくる。蜜とは違う、もっと粘ついた塊がショーツに落ちる。

「あ……ん……」

がくっとノエルの両肘が崩れて頭部がシーツに落ちる。サイラスがつながったまま、汗だくの細い体に覆いかぶさってきた。

「ノエル、体は痛くないか？」

「は、い……おなか、あつい……」

クスッと小さく笑ったサイラスが体を引いて、栓となっていた肉塊を抜く。こぷこぷと白い粘液があふれ出てきた。

「……それはすまない」

彼はそっと震える肢体を横に倒してノエルを寝かせ、体液でドロドロになったショーツを引き抜いて床に落とす。

「まだ一時間もたっていないな」

「……え?」

性の余韻で呆けているノエルは、サイラスが何を言っているのか理解できなかった。それでも彼の瞳を見れば、肉欲の光が静まるどころか、さらにギラついているのを感じ取る。逃げた方がいいと本能が警鐘を鳴らしたが、素早く組み敷かれて手足を動かすぐらいしかできなかった。

「待って、時間が……!」

「うん。まだ時間があるからギリギリまでヤろう」

爽やかな笑顔で言い切るから、この表情に弱いノエルは結局流されてしまう。そして思い知ることになるのだ。サイラスは思った以上に押しが強いと……

第四話

季節は秋になった。ノエルが賜った聖女専用の離宮の庭では、ドックローズに艶やかな赤い実が熟している。これらは使用人たちが収穫して、お茶やジャムなどの品に加工されるという。

ノエルとサイラスは美しい赤い粒を観賞しながら、ローズヒップティーを味わっていた。

「王城産のローズヒップティーが飲めるのは、もうちょっと先ですね」

「ああ。実を乾燥させるのに一ヶ月ほどかかるからね」

そう話す彼の表情がとてもリラックスしているようで、ノエルは心からホッとする。

現在は決闘試合から一ヶ月が経過しており、サイラスはこの間、怒濤の忙しさでお茶を共にする時間さえなかった。

第一王妃は王領の片隅にある貴族牢に生涯幽閉となり、すでに城にはいない。

元王太子――第一王子は宝物庫に無断侵入したうえ、魔道具を無断使用したことで二度目の謹慎を言い渡された。

本人は謹慎よりも、第二王子が凡庸な王子ではないと、第一王子こそ暗愚の王子であると、王城のみならず国中に広がっていることがショックだったようで、謹慎が明けてからも政務を放棄して自室に引きこもっている。

まあ、今まで側近が政務全般を肩代わりしていたうえ、サイラスが業務を完璧に引き継いでいるので問題はない。

国王も渋々と第一王子を廃嫡して臣籍降下させ、第二王子を王太子に据えることを決めた。

ノエルはそのことに心から喜んだ。後世において、サイラスが簒奪王と呼ばれることはなくなったから。

そして昨日、立太子の儀を済ませたリイラスは、とうとう正式な王太子になった。

ちなみに国王は一年後に退位する予定だ。

宝物庫へ第一王妃や第一王子を無断で立ち入らせたことや、彼らの暴走を止められなかったこと、聖女を虐げたベラを王妃にしたことなど、様々な法律と慣習を破った責任を取ってのことだった。

国王は退位するつもりはないと抵抗したそうだが、アシュリーから、『では議会に王の退位を求めますわ。貴族にクビを言い渡された初めての王として歴史に名を残すことになるでしょう』と言われて、茫然自失となりながら従ったという。

議会の多数派となる第二王妃派が、君上の退位を決められるほどの影響力を持っているとようやく理解したらしい。

一年後に退位するのと同時に、サイラスが即位する予定だ。

それはとても素晴らしいことだが……

ノエルは最近、胃の不調が続いている。その原因は来年の即位式に他ならない。なぜならノエルはすでにサイラスの婚約者になっているのだ。

決闘から七日後に婚約の儀式を済ませたため、今や正式な王太子の婚約者である。即位式の後に結婚式も挙げるため、一年後にはライズヘルド王国の王妃だ。

……ありえない。

ありえないけれど現実なので、今はアシュリーのもとで妃教育を始めている。すさまじい重圧でときどき胃が痛い。

しかし民衆のために働きたいとの願いが叶ったわけでもある。魔法植物の研究もやらせてくれるので、こうなったら頑張るしかない。

気合いを入れるノエルだが、サイラスは不意に難しい顔つきになった。

「ノエル、今日はあなたに聞きたいことがある」

「あ、はいっ、なんでしょう?」

「地方領主からの報告をまとめると、聖女が召喚されてからというもの、我が国では干ばつや洪水などの自然災害が起こらなくなっている。しかも国中のいたるところで豊作だ」

「それは素晴らしいですね。でも天候なんて安定しているときも悪いときもありますし、聖女召喚とは関係ないのでは？」

だがサイラスはゆるく頭を振った。

「そうとも言えるが、魔獣の数が減って夏以降は魔獣被害が極端に少なくなった。こんなことは建国以来、初めてだ」

確かに天候は偶然といえるが、急に魔獣が減った——つまり瘴気が消えた原因はわかっていない。

聖女と関係があるのだろうかと議論しているが、過去に召喚した聖女が存命中にこのような現象は起きていなかったため、結論は出ていなかった。それで本人に心当たりはないかと聞きに来たのだ。

そういえば以前、ご近所のご婦人が魔獣被害が減って喜んでいたことをノエルは思い出す。しかし心当たりがまったくないので困ってしまった。

「うーん、私は治癒魔法が使える以外、特に何もできないですね」

「そうか……。我が国では召喚聖女は女神の愛し子と言い伝えられているから、ノエルに特別な恩寵が与えられているのではと思ったのだが……」

「愛し子様ですか。確かに故国にも存在するとの伝承があります。女神様の愛し子様がいるからこそ、故国は常に天候が安定して豊作続きになると」

愛し子とは、女神に愛された魂を持つ存在だ。その者は常に女神の加護を受けているので、愛し子が国にいるだけで様々な恵みがもたらされる。

とはいえ当人に目立つ特徴があるわけでもないため、誰なのかはわからない。わからないが天の恵みは途絶えないため、国のどこかにいるのだろうと言い伝えられていた。

そこで何かに気づいた表情のサイラスが、ノエルを見て不思議そうに首を傾げる。

「ノエルの異世界はこの世界と似ているところが多いんだな。先代聖女が生まれた異世界なんて国によって創世神が違っていたし、唯一神ではなくあらゆるものに神が宿るとの記述が遺されている」

あー、とノエルは声を漏らした。そういえばずっと言っていなかったが、真実を話すにはいい機会かもしれない。

「その、私は異世界の人間じゃないんです」

「えぇっ⁉」

ものすごく驚かれたので、故国——ブレイス王国について説明した。

サイラスは額を手で押さえながら放心している。

「そんな大陸があるのか……知らなかった」

「ブレイス王国でも私の魔力はかなり強い方でした。なのでライズヘルド王国の召喚の魔法式とは、『同世界と異世界の中で、もっとも強い癒しの魔力を持つ者』という条件になっているのではないでしょうか」

「なるほど……ブレイス王国とは、どういう国か教えてくれないか？」

はい、と頷いたノエルは簡単に説明した。

故国の最大の特徴は、民のすべてが魔力持ちであることだ。女神の愛し子がいるから神の奇跡が降り注ぐと言われている。

しかしその伝承が原因で、ブレイス王国人はプライドが高すぎるほど高い。自国以外を見下し、野蛮だと差別し、巨大な国内市場があることを理由に、他国との交流をせずに閉じている国でもあった。

「私はそういう排外主義な考えが好きではありませんでした。ライズヘルド王国の繁栄を知った今では、やはり外の刺激を取り入れるべきではないかと思います」

「……もしノエルが我が国にいると知ったら、取り戻しに来るだろうか」

「ないと思います。私以外にも癒しの魔力を持つ人は大勢いますから」

「ではあなたが女神の愛し子だったら？」

ノエルは思わず吹き出してしまった。

「もう、サイラス様はその考えから離れませんね」

「でないと瘴気についての説明がつかない。ブレイス王国では瘴気は薄かったのか？」

「瘴気そのものがありませんでした」

「まさか……っ！」

「本当です。だから魔獣もいないし、この国に来るまで見たこともありませんでした」

そう話せばサイラスは絶句している。彼は思い詰めたような表情で考え込むと、やがて立ち上がった。そしてノエルの手を取り、「調べたいことがあるから」と王城の書庫へ向かう。

書庫では司書らしき若い官吏がノエルを見て驚いた表情になったが、すぐに破顔した。

「これはこれは聖女様。ようこそ」

サイラスと婚約したとき、聖女のお披露目もされてノエルの顔は城中の者に周知されている。そのためこういった反応をよくされた。そのたびに、聖女はこの国で尊ばれる存在なのだと実感して身を引き締めている。

サイラスははしゃぐ司書たちから距離を取り、書庫の奥にある人気(ひとけ)のないエリアのテーブルに世界地図を広げた。

「ノエルの国はどこにある？」

「この大陸の南側で、地図に描かれていないところですね。尺図から計算すると……、ブレイス王国はたぶんこのぐらいの大きさだと思います」

ノエルが指で円を描くとサイラスが唸った。

「意外と大きいな。ブレイス王国がある大陸に他の国家はないのか？」

「昔はいくつかあったのですが、ブレイス王国が統一しちゃいました」

「さすが国民全員が魔力持ちだけあるな。……これはまずい」

「どういうことですか？」

「もしノエルが愛し子だとしたら、ブレイス王国は女神の恩寵が消えた可能性がある」

愛し子がいるからこそ、ブレイス王国には神の奇跡が降り注ぐと言われている。その愛し子が他国へ行けば奇跡も移動するだろう。

「恩寵が消えたと仮定したなら、すでにブレイス王国の使いは我が国に向かっている」

「なんで言い切れるんですか？」

「数日前に南方の同盟国から通信が入った。国籍不明の船団が商船を襲い、北に向かったと」

襲撃に遭った商船は海賊かと思ったが、乗組員が肋骨服を着ていたので軍隊ではないかと証言している。しかも彼らは強力な魔法を使うため、護衛船は手も足も出なかったとのこと。

魔法、との言葉にノエルは緊張する。この大陸ではライズヘルド王国と同様、魔力持ちはほとんど生まれていないと聞いているから。

「まさか、ブレイス王国……」

「その可能性は高い。北へ進むなら我が国に近づいている」

「そんな……」

「同盟国では、商船を襲ったのは食料が底を突いたせいと予想している」

この大陸の南にある海域は、海流が速いうえに年によって流れが著しく変化し、濃霧と海上竜巻も発生しやすいため、昔から遭難が多く発生している。

世界を南北に分断する原因となっていた。

ブレイス王国は風の魔法を使って魔の海域を突破できたかもしれないが、それでも航海計画は大幅に狂ったはず。

それで食糧が不足し、海賊行為をしたのではないか。

「……そうでしょうね。ブレイス王国はこんな遠くに来た経験がないはずです」

故国は大陸の周りにある小さな国家群と敵対しているため、防衛のために艦隊は保有しているが、自ら他国に戦(いくさ)を仕かけに行くことはない。

そのため長期航海の知識が欠けている。

それを聞いたサイラスが、顎に指先を添えて、ふむ、と呟く。

「そこが勝機かもしれないな。こちらに魔力持ちが少ないことさえ、ごまかすことができれば……」

冷静な声を漏らすサイラスに対し、ノエルは顔色が悪い。魔術師と騎士が戦ったら、遠距離と広範囲の攻撃ができる魔術師が有利になる。

自分のせいでこの国の騎士たちが血を流す未来を想像し、指先が冷たくなっていく。

「サイラス様ほどの魔力持ちはいないと記憶していますが、あまりにも危険です……」

「そうなのか?」

「はい……でも魔術師の数が集まれば、かなりの脅威になります」

なるほど、と考え込むサイラスの表情に焦りはない。しかしノエルは泣きそうだ。

「私は国外追放になった身です。今さら取り戻しに来るものでしょうか……」

「えっ、どういうことだ?」

目を剝くサイラスに、ためらいながらも話し出す。

ノエルは寄親となる公爵家に命じられ、公爵令嬢の侍女となり彼女にかわって治癒魔法を使い、公爵令嬢をもっとも強い治癒の魔術師——聖女に仕立て上げていた。

その公爵令嬢が王太子妃になったため、ノエルも専属侍女として王宮に上がった。

すると王太子から、『高慢な妃よりずっと可愛い』と色目を使われ、王太子妃の怒りを買い国外追放を命じられたのだ。

国を出る前に家族へ別れを告げることは許されたため、久しぶりに実家へ行ったのだが。

「……両親と弟が亡くなっており、イームズ子爵家は叔父一家が継いでいました」

「なっ! 知らせが来なかったのか!?」

「はい……。叔父夫婦によると、両親と弟が領地へ向かう途中で賊に襲われたそうです。発見時に父親と弟はまだ息があったため、叔父が早馬で私に手紙を出したとのことですが、そのような手紙は受け取りませんでした」

ノエル以外、一族に癒しの魔力を持つ者がいなかったため、父親と弟は助からなかった。そして葬儀の知らせもノエルのもとに届いていない。

「なぜそんな大切な知らせが……」

「たぶん、王太子妃殿下が破り捨てたのだと思います。公爵家に仕えていた頃にも、同じようなことがあったから……」

「その女、なぜそんなことを」

「妃殿下は癒しの魔力が弱かったのです。私がそばを離れて、聖女を名乗れる魔力量ではないことが露呈するのを恐れていたから……」

「なのにノエルを国外追放したのか？」

「王子殿下が生まれた際、出産で癒しの魔力を失ったと主張していたのです」

「そんな幼稚な言い訳を信じたのか。騙される王族の方が愚かだな」

うちの元王太子と変わらない、と苛立たしげに吐き捨てたサイラスだが、すぐに合点がいく顔つきになった。

「それでノエルが国外に出て、女神の恩寵が消えたのか」

「いやいや、私が愛し子だと決まったわけではないですし」

苦笑するノエルだったが、いきなりサイラスに抱き締められて目を丸くする。

「つらかったな。我が国もあなたを利用し、虐げた」

「いっ、いいえ！　今は、サイラス様がいるから……つらかった日々は神の試練だと思うのです。だからこそ現在の幸福があると」

ノエルも婚約者のたくましい体を抱き締め返す。このところ触れ合う時間もなかったため、愛する人のぬくもりを感じられて嬉しかった。

「大丈夫、あなたは私が必ず守る」

「……国籍不明の船が、ライズヘルド王国を通りすぎることを女神に祈っておきます」

「そうだといいな」

サイラスがこちらの背中を撫でて慰めてくれる。しかしノエルは不安感をいつまでもぬぐえなかった。


その不安が的中したのは一ヶ月後だった。ノエルの妃教育の授業中、いきなり王太子用の正装を着たサイラスがやって来たので息を呑む。授業が終わるまで待てなかったということは、緊急事態が起きていることに他ならない。

「サイラス様、いったい何が……」

「南部の港にブレイス王国の艦隊が迫ってきた。ノエル・イームズの返還を求めている」

現在、港を領地とする侯爵が戦列艦を出し、沖で睨み合いを続けているとのこと。

使者はブレイス王国のローランド王太子の名代（みょうだい）なので、ライズヘルド王国も王太子を交渉へ出すことになった。

「そんな！　代理人でいいのでは!?」

「こういうときに動くのが王族の役目だ。それに私が行った方が早いし、すぐさま戦（いくさ）が始まるわけじゃない」

「でも、私のせいで……っ」

「例の対策はしている。城内も落ち着いているだろう？」

「それは、そうですが……」

浮足立っているのは、政治に関わらない人間だけだ。

サイラスは、「急ぐので見送りは不要だ」と告げ、ノエルに口づけると旅立っていった。

あまりにもあっさりとした様子に、死地へ赴（おもむ）く想像をしていたノエルは呆けてしばし動けなかった。

◇  

ライズヘルド王国の南部にある港町グランは、国でもっとも大きい交易の要でもある。

サイラスはグランに着くと、まっさきに領主のダリル侯爵と面会した。

「ダリル侯、奴らの様子はどうだ？　例の対策が効いているか？」

「うまくいっているようです。使者も護衛も顔色が悪く、ふらついている者もいました」

「船には治癒魔術師もいるんだろう？」

「そのようです。しかし治してもすぐに悪化するようですね」

ノエルが言った通りだ。サイラスは心の中で、よし、と拳を握る。

「関係者分のイヤリングは用意できたか？」

「ぬかりはありません。ここは珊瑚が豊富ですから」

強く頷くダリル侯爵の耳にも、珊瑚のイヤリングがはめられている。すれ違う現地の騎士たちも、耳朶に深紅のきらめきがあった。

彼らが身に着けているイヤリングは魔道具ではない。この地に一人だけいる風の魔術師が、イヤリングに魔力を塗布して魔道具っぽく見せた偽物だ。

ここでサイラスは珊瑚のピアスを外す。強大な魔力が、ゆらりと陽炎のように広がるのを自身も感じ取った。

ダリル侯爵や外交官と共に、交渉の場となる会議室に入ると威圧するように魔力を放出する。ブレイス王国側の使者や護衛騎士たちは、仰け反ってますます顔色を悪くしていた。一部の者は顔を背けて胸を手で押さえるほどだ。

サイラスはすぐに、「これは失礼しました」と笑顔でピアスをはめる。完全に魔力が消えたサイラスに使者たちは目を丸くしていた。

「遠いところからようこそ。ライズヘルド王国王太子、サイラス・ライズヘルドです」

「……王太子殿下は、魔力を封じておられるのですか？」

「ええ。我が国は魔力に頼らず、科学技術の発展により国を富ませる政策を取っております。日常生活に魔法は必要ないのです」

「では、他の方々も……」

「もちろんです。もっとも争いとなれば別ですが」

笑顔を崩さないまま、暗に「戦争をやるならこっちも魔法で攻撃するからな」と告げれば、使者の顔が引きつっている。

魔力が感じ取れないと相手の力量は測（はか）れない。唯一感じ取れたサイラスの魔力量は、ノエルが『サイラス様ほどの魔力持ちはいない』と告げていたレベルなので、かなりの脅威に感じるはずだ。

このレベルの魔術師が多数存在していたら、戦っても勝ち目はない。そう思わせることがサイラスの目的だった。

いい感じにブレイス王国側が動揺してくれたため、すぐさま本題に入る。

「ノエル・イームズの返還とのことですが、彼女は現在、私の婚約者で未来の王妃です。返せと言われても困ります」

「ですがノエル嬢はブレイス王国人です。貴国がやったことは誘拐ではないですか」

「先にそちらが国外追放しておきながら、ですか？」

グッと詰まる使者の様子に、サイラスは内心で、未熟だな、と思う。外交官が感情を顔に出してはだめだろうと。

「あれは王太子妃が勝手に命じたのです。国王陛下や王太子殿下の意思ではありません」

「でも不思議ですね。ノエルは確かに貴重な癒しの魔力を持っていますが、貴国には治癒魔法を使える者が他にもいると聞いています。国の総力を挙げて取り戻しに来るほどの人材とは思えないのですが」

「それは……不当に攫われた国民を取り戻すのは、当然のことですから」

「そうですか。ノエルから聞いたところ、国外追放となった期間はそこそこ長かったそうですが、彼女の存在を忘れ去っていたわけではないのですね」

皮肉を言ってやれば彼らは視線をさまよわせている。

サイラスはだんだんと白けてきた。そのような反応をすれば、こちらに知られたくない秘密があると告げているようなものだ。

ブレイス王国は長い間、国を閉じているとノエルは話していたので外交経験者が少ないのだろう。だが腹芸に長けた者をそろえることさえしないのは理解に苦しむ。

まあ、こちらにとっては好都合だが。

「……ローランド王太子は、ノエル嬢を国外追放した王太子妃と離婚し、ノエル嬢を妃にと望んでいます」

「おや、王子殿下もお生まれになったのに、国母となられる方を切り捨てるとは」

「………」

「しかも生さぬ仲の王子がいる、離婚歴ありの王太子と再婚ですか。私はノエル以外に妃を持たないと決めているので、女性はどちらの王太子を選ぶでしょうねぇ」

「いっ、一度、ノエル嬢に会わせていただきたい！　彼女の本音を聞いてからでないと納得できません！」

「そうですね。ノエルと会えば私の言っていることが本当だとおわかりになるでしょう」

　自信ありげにサイラスが告げると、使者たちは不安そうな表情を見せる。やっと自分たちに、ノエルを連れ戻すための手札が何もないことに気づいた様子だ。

「ノエルとの面会ですが、彼女は現在、王国中の医療施設を巡回しております。予定にない土地を訪れることもありまして、たまに連絡が取れなくなります。日程を調整するのに時間がかかることはご了承ください」

　まったくの嘘だが、時間稼ぎのために『聖女の慈悲として国民を救う旅に出ている』と告げておく。なので「いったん船にお戻りください」と続けたら、使者は不思議そうな表情を見せた。

「領主の城に招いてはくださらないのでしょうか？」

サイラスは鉄壁の笑顔が崩れそうになった。

――こいつ、何を腑抜けたこと言ってるんだ？　国交がない国へ艦隊で押しかけておきながら、相手国が歓迎するとでも思っているのか？　馬鹿か？

本音が漏れそうになるのを根性で抑え込み、笑顔のままで冷静な声を出した。

「我が国の民が貴国を警戒しているため、安全を保障できません。何しろ貴国は聖女を、未来の王妃を奪いに来たと思われています。城に招かないかわりに食料を提供しましょう。今後は国同士の付き合いが続くかもしれませんから、不自由なことがあれば遠慮なくおっしゃってください」

心の中で、おまえらと国交など結ばないけどな、と舌を出しつつ、表面上は爽やかな表情をたもち続けた。

とりあえず初回の交渉は無事に終わった。

ブレイス王国側が会議室を出てから、ダリル侯爵がサイラスに囁く。

「食料は指示通りのものをそろえております」

「頼む。……非情な手段だと思うが、魔力持ちを潰さなければならない」

「仕かけてきたのは向こう側です。それにやらなければ我々が殺されるだけですから」

頷いたサイラスは、客室へ移動しながらノエルの言葉を脳裏に思い浮かべる。

治癒魔法は怪我も病も治すうえに疲労回復の効果もあるが、決して万能ではないという。本来は人間が持つ回復力を高めて、本人の力で強引に治すという仕組みだ。

例えば怪我を治しても出血で失った血液はすぐには戻らないし、疲労などの体の不調は休まなければ再発するらしい。一時的な応急措置になるという。

だから同じ人に何度も治癒魔法をかけると、回復力が底をついて治すことができなくなるとのこと。

ただノエルは別格で、何度でも完全な健康体に治せるそうだ。まさしく神の恩寵である。

『じゃあ壊血病になったら、ノエル以外の治癒魔法ではそのうち治らなくなるってことだな』

『かいけつびょう?』

聞いたことがないとノエルの顔に書かれていたから、それがブレイス王国の弱点だと気がついた。

彼らは壊血病の恐ろしさを知らない。

もっとも二百年前までは、ライズヘルド王国を含む大陸中で船乗りを蝕む死の病だった。

それを先代聖女が〝栄養素〟という知識で解決したのだ。

彼女がローズヒップティーを好んでいたことから、ライズヘルド王国は船乗りを救ってくれた敬意として、国花をドッグローズに変えて国中に苗を植えている。海洋国家であるライズヘルド王国にとって、魔獣の王の討伐よりも称えられる功績だった。

けれど国を閉じていたブレイス王国にその知識はない。

彼らが魔の海域を越えて商船を略奪したとき、複数の商人が、『乗組員の中に壊血病らしき症状があった』と証言している。

それを聞いたノエルは、自分以外の治癒魔術師では、症状を軽くすることができても、いずれ治せなくなるでしょうと答えた。

そこでライズヘルド王国を中心として、諸国が一時的に協力することになった。

船乗りたちへ、再び国籍不明の船団に襲われたら抵抗せず、肉類やパン、酒、チーズ、豆類、香辛料などを積極的に渡すことを通達した。

逆に絶対渡していけないのは、新鮮な野菜や果物、特にローズヒップティーやザワークラウトなどの、壊血病を予防・治療する食品類だ。

ブレイス王国は商船を襲っても乗組員は殺していない。わずかでも騎士のプライドは残っていたようで、食料を奪うだけだった。

ならば略奪した食料で滅んでもらおうではないか。

どの国も魔力持ちが生まれなくなった以上、あまたの魔術師を擁する国など、自国を滅ぼす死神でしかない。魔の海域の向こう側で永遠に引きこもっていてほしい。

大陸中の諸国が一致団結したのは、これが理由だった。

サイラスは壊血病の恐ろしさを学んでいるため、非情な手段だとわかっている。だが最愛の女性を奪われるわけにはいかないのだ。

心を痛めても覚悟は決めた。

何よりノエルは、故国への未練などかけらもないと告げたのだ。今後もサイラスの隣で生きることを選択している。

『――ノエルのご両親や弟さんのお墓とか、故郷に残したものは気にならないか？』

『気にならないと言えば嘘になりますが、ブレイス王国に帰ったら二度とこの国に戻れないと思いますし、お墓と領地は叔父夫婦が管理してくださいます。それに国外追放されたときがつらかったから、今になって手のひらを返されても……』

と、ノエルは困惑気味に話していた。

そして自分はこの国の王になる。自国を守るためにも、他国の民を切り捨てることは当然だ。

――恨むなら、ノエルを国外追放にした王太子妃を恨んでくれ。

サイラスは今後について協議しながらそう思った。

◇　◇　◇

サイラスが港町グランへ発って半月が過ぎた。その間、ノエルは貴重な通信の魔道具を借りて彼と連絡を取り合っており、無事であることは知っている。

でもブレイス王国は魔術師の集団だ。もし聖女を力ずくで奪おうとしたら、彼一人で抑え込めるのかは疑問だった。心配でならない。

ノエルは毎日数回、サイラスとライズヘルド王国の無事を女神へ祈り続けた。自分には祈ることしかできないから。

その日も朝から礼拝堂で祈りを捧げて離宮に戻ると、侍女が息を切らせて、「サイラス殿下がお戻りになるそうです！」と教えてくれた。

跳び上がって喜んだノエルは離宮で彼を迎えることにした。

「おかえりなさいませ！」

彼の無事な姿を認めて、思わず自分から抱きついた。彼が抱き締め返してくれたから、喜びと安堵が弾けて涙が噴きこぼれる。

「ただいま。なんとか終わったよ」

そこでサイラスは人払いをして、ノエルを膝の上に乗せた。この体勢を久しぶりだと感じるノエルは、素直にサイラスへ甘えながら話を聞くことにする。

「交渉はどうなりましたか？」

「止まったままだが、もう私が出るほどではないのでダリル侯爵に任せてきた」

「では、ブレイス王国は諦めて帰国するのですね」

「いや。たぶん沖で停泊したままになるだろう」

サイラスとの通信で、交渉をのらりくらりと長引かせ、壊血病によってブレイス王国の魔術師を無力化することは聞いていた。

作戦通りにいったようで、使者の一行は交渉中に倒れ、領主の城で軟禁しているという。グランの町に放たれていた偵察の魔術師たちも、道中で倒れたため領城に回収している。

そしてこの状況になっても、艦隊からは助けが来ることはなく、新たな動きもない。

「おそらく船では死人も出始めているだろう。残酷だがこれは諸国と取り決めたことだ」

「はい。わかっております」

故郷の人間を見殺しにするのだから、これはノエルも背負う罪であると納得している。けれど後悔はしてはいない。ノエルを「死んでも構わない」と国外追放したブレイス王国より、サイラスと共に治めていくライズヘルド王国の方が重要なのだから。

サイラスによれば、艦隊の一部はブレイス王国に帰さないといけないらしい。全滅させると、調査のためにブレイス王国が再び乗り込んでくる可能性が高い。

それだけでなく、長期の航海では原因不明の病が発生すると、情報を持ち帰ってもらわねばならない。

「そこでノエルの出番だ。領城に捕らえてある者たちへ治癒魔法をかけてほしい。私も一緒に行く」

「かしこまりました。グランへ参ります」

キリッと言い切ればサイラスが優しく抱き締めてくれる。

出発は二日後とのことだった。


その二日後の早朝、グランから緊急通信が入った。ダリル侯爵の城から瘴気が噴き出し、辺り一帯の鳥や家畜類が魔獣化していると。

侯爵家の騎士団が魔獣討伐と住民の避難をしているが、かなりの被害が出ているという。

知らせを聞いたサイラスは聖女の離宮に駆け込んだ。

「ノエル！　瘴気を出す魔法なんてあるのか⁉」

「聞いたことありません！　瘴気なんて生まれたときからなかったので――」

そこであることを思い出したノエルが足元へ視線を落とす。

「……瘴気を生み出す魔法は知りませんが、故国には『悪いモノ』を集める魔道具ならあるはずです」

「悪いモノ？」

「はい。家庭教師の先生から聞いた話ですが、大昔にはブレイス王国中で『悪いモノ』が蔓延していたため、それを集めて特定の場所へ放出する魔道具を作ったそうです。正確には、その……当時敵対していた国に『悪いモノ』を放ったらしいと……」

しかし『悪いモノ』を浄化する愛し子が生まれるようになったおかげで、『悪いモノ』はブレイス王国から消滅した。今では『悪いモノ』がなんだったかは知られていない。国の上層部は知っているらしいが。

「そうか、『悪いモノ』が瘴気だとしたら、我が国に残っている瘴気をかき集めて城にばら撒いたのか」

「家畜を魔獣化させるためにですか?」

「それもあるだろうが、人間は瘴気の中では長く生きられない」

ノエルは息を呑んだ。ではダリル侯爵や、残務処理をしていた外交官たちは……

サイラスが黒髪をかきながら唸る。

「非常にまずいな。グランの町には猫が多い」

ライズヘルド王国は昨年、干ばつにより農作物が大打撃を受けて、同盟国から食料を大量に輸入している。その際、倉庫に保管された穀物を鼠から守るため、どこの港でも多くの猫が飼育された。

今でも猫は益獣として可愛がられているが、今回の瘴気によって魔獣の大量発生の一因になってしまう。

このまま瘴気を垂れ流しにしていたら、グランの町全体が飲み込まれる。

「ひどいわ……なんでそんなことを……」

「それは本人に聞いてみたいところだな。……生きていれば」

今日はグランへ発つ日だったが、近づくのは危険すぎるということで出発は見送られることになった。

その日の夕方、住民を避難させた侯爵家の騎士団から続報が入った。グランは領城を中心として全体の三分の一ほどが瘴気に覆われて、人が住めない土地になっているという。

——わずか半日でそれほどの状況になるなんて……勢いが強すぎるわ。もしかしたら他国の瘴気も吸い取っているかもしれない。

そうなると瘴気はグランからあふれて、南の一帯が瘴気に呑まれる可能性もある。

どうすればいいのとノエルは悩む。こうなったのも自分がブレイス王国へ帰ることを拒んだせいなのに……

考えて考えて、ある一つのことを思い出した。

——そうだわ。サイラス様は私が愛し子じゃないかっておっしゃった。本当に私が愛し子なら、
愛し子は『悪いモノ』を浄化できる存在だと家庭教師は言っていた。だからこそ愛し子が存在するだけで瘴気は消えると。サイラスも夏から魔獣の数が減ったと告げた。

慌ててサイラスに相談した。

「私なら瘴気の中に入り、領主の城まで行けるかもしれません。魔道具を止められます」

「だめだ。仮に瘴気が効かなかったとしても、魔獣は襲ってくる」

「魔獣も避けてくれるかもしれません」

「決闘試合のとき、ノエルがあの場にいながら魔獣は向かってきた。その可能性は低い」

「では試させてください。もし襲われても死ななければ癒せます！」

「なんてことを言うんだ！　できるわけないだろう！」

「でもこのまま何もせずにいるなんて嫌です！」

王太子と聖女が睨み合う状況に、侍女たちが蒼い顔でうろたえている。

しかしノエルは絶対に引かなかった。自分に民を守ることができるなら、今ここでやらずして、いつやればいいのか。

「お願いですサイラス様。私を聖女だとおっしゃるなら、これは聖女の私しかできないことです。ここで民を見捨てることは女神のご意思にも背くでしょう」

先に冷静さを取り戻したのはサイラスだった。

「……あなたがグランに行くなら私も行く。魔術師がいた方が魔獣は倒しやすい」

王太子(サイラス)こそ残るべきではと思ったが、ここで反論するとグラン行きを止められそうなので、素直に頷いた。

　だがここで、まさかの第二王妃に猛反対された。

「聖女様の護衛は騎士団に任せなさい。王太子のあなたが行く必要はありません」

　アシュリーの指示にサイラスは眉をひそめたが、すぐにうさんくさいほどいい笑顔になった。

「何を耄碌したことを言ってるんです。その歳でもうボケました？」

「な……っ！」

「か弱い乙女である、国が守るべき聖女を危険な地に差し向けておきながら、婚約者の王太子は安全な王城で守るとか、正気ですか？　私に第一王子並みの愚者になれと？」

「もう王位継承者はあなたしかいないのですよ！」

「交渉は行かせてくれたじゃないですか」

「あれは魔力持ちのあなたじゃなければ、ハッタリが通じなかったからです！　だいたい聖女様に瘴気が効かないとわかったら、あなたも一緒に城へ向かうつもりでしょう⁉」

「当たり前です。愛しい女性を前線に差し出して守られる男なんてクズですよ」

「だとしても許しません！　あなたが瘴気に呑まれたらどうするのです！　あの馬鹿王子が王になるのよ⁉」

「別にいいじゃないですか。もともとそのつもりでしたし」

「冗談じゃないわ！　私がどれだけ耐えてきたと思っているの‼」

ベラのような金切り声を上げたアシュリーは、頑としてサイラスの出立を許さなかった。

そして現在の権力は、王太子よりも政治を牛耳る第二王妃の方が強い。サイラスの提案は退けられ、ノエルだけがグランに送られることになった。

もし瘴気を浄化できるなら、騎士団に守らせつつ領城へ向かい、魔道具を停止、または破壊すると。

ノエルはそのことに納得していたが、その日の深夜、サイラスが離宮に忍び込んできた。

「すまない。今から私と一緒に来てくれないか」

このときの彼は、黒と赤を基調とした王太子用の騎士服を着ていた。

サイラスの意図を悟ったノエルは、大急ぎで動きやすい乗馬服に着替える。向かう先は戦場のようなものだと思っていたため、あらかじめ侍女に用意してもらったのだ。ドレスなんてかさばる衣装など邪魔なだけだ。

だいぶ伸びてきた髪も一つにまとめておく。

スカートではなくキュロットを穿いてサイラスのもとへ向かうと、凛々しい姿で現れたノエルを見て彼は目を丸くし、すぐに破顔した。

「……あなたを好きになってよかった」

嬉しそうに告げるとノエルに外套をかぶせて、足元に跪いた。

「聖女様の覚悟と勇気に感謝を捧げます。あなたの身は私が必ず守る」

「私も、サイラス様を瘴気から守ります」

そこでサイラスが気まずげに視線を逸らした。

「母のこと、すまない……」

「いいえ。アシュリー様のお心を思えば当然のことです」

国王に蔑ろにされてベラに見下されて、長い間、孤独の中で国を支えてきたのだ。ようやく復讐が叶ったのだから、一人息子を失いたくないと思うのは当然だ。

サイラスの案内で、王族のみが知る脱出路を使って城を出ることになった。これは地下水路につながっており、城壁を取り囲む堀の下を通って王都に出るという。

出口はなんと植物園の中だった。初めてサイラスとデートした場所を感慨深く見回していたら、群青色の騎士服を着た男性が近づいてくる。見たことがある顔だ。

「殿下、聖女様、こちらです」

第一騎士団が協力者だとは思わなかった。王城で暮らしていると、周囲は白い制服の近衛騎士に囲まれているため、夜に溶けるような群青色が懐かしい。

彼に案内された広場には馬が用意されていた。それに乗って街壁門へ向かう。

すでに閉門している時刻だが、サイラスは迷うことなく門の方角へ馬を走らせる。しかし微妙にずれていると気づいたとき、ノエルはあることを思い出した。

「そうだわ、お屋敷に抜け道がある……！」

「ああ。まさか使う日が来るとは思わなかった」

二人だけで王都を走り抜け、サイラスの屋敷にたどりつく。ここは先代のペリング侯爵が亡くなったときに譲り受けたという。

久しぶりに会う執事と家政婦に慌ただしく挨拶をして三階へ向かう。最奥の寝室に入ると初めて抱かれたときを思い出して顔が熱くなったものの、すぐさま煩悩を消して抜け道の中へ足を踏み入れた。

サイラスと手をつないだまま狭い階段をゆっくりと下りて、行き止まりの扉を開ければそこはもう王都の外だ。しかも扉の近くには何頭もの馬と、やはり群青色の騎士服を着た者たちが待機していた。

「あっ、ヘインズさん！」

まだ露天で薬売りをやっていたとき、怪我の手当てをしてくれた女性騎士だ。

「お久しぶりです聖女様。あなた様のお力になれるとは、後世に残せる栄誉ですわ」

彼女は、王都からもっとも近い西部の港を支配する伯爵家の一族で、領主に顔が利くため船を用意してもらったという。

陸路ではなく海路でグランの町に入るとのこと。

王都からグランへは鉄道があるものの、さすがに夜間は動かせない。この時刻はこれがもっとも早くグランへ着くという。

「すでに港に快速船を用意しております」

「助かる。風は私が出すからすぐに出航するぞ」

ここからは港まで全力で馬を走らせることになる。ノエルは馬に乗れるが、騎士たちの駆ける速さにはついていけないため、サイラスの馬に騎乗した。

出発すると不思議なことに雲が晴れて、赤色の大きな月が夜道を照らす。まるで一団を導く光のようで、ノエルは心の中で女神に感謝した。

サイラスは換えの馬をすでに手配していたらしく、街道の要所で馬を何頭も乗り換えて休みなく港へと駆け続ける。

どれぐらい時間がたったのかわからないが、気づけば潮の香りが漂ってきた。

前方にランプの明かりが煌々と光っており、それを目指して走ると町の中に入る。すぐに明かりが灯(とも)された船のそばに着き、馬から降りた。

待ち構えていたのは国王ぐらいの年齢の貴族男性だった。この地を治めるジリック伯爵だと紹介された。

ジリック伯の協力に感謝し、第一騎士団の騎士たちと共に船に乗り込む。うまい具合に風をつかんで、サイラスの魔法を補助にして南へと進んだ。

西から南へと沿岸沿いに流れる海流に乗ってグランへ向かう。女神の助力があるのか、海は荒れることなくかなりの速度で進んでいる。

やがてノエルは、進行方向に嫌な気配が充満しているのを感じて鳥肌が立った。近づくにつれて気持ち悪さが高まってくる。同時に恐怖感が膨れ上がって逃げ出したくなった。

目を凝らして月光に照らされる港を見れば、黒い靄が立ち込めている。

「――サイラス様。港はもう、瘴気に呑まれています」

「わかった。とりあえず風で瘴気を飛ばすから、その間に下船しよう」

思わずサイラスの手を握ると、グッと痛いぐらい力を込められる。

「大丈夫。見ていなさい」

船が岸壁にゆっくりと近づいていく途中、サイラスの魔力が急激に膨れ上がった。

直後、爆風が吹き抜けてよどんだ空気が一掃される。獣の悲鳴のような音も響き、一瞬にして港の一部の瘴気が吹き飛ばされた。

――えっ、なんかすごい！

サイラスの魔法は決闘のときに見て、威力が強いとわかっていた。しかし今の風の爆発は強いというより天変地異でも起きたみたいな威力があった。

そして黒い霧が晴れた辺りに生きものの気配はない。住民は避難しているので人がいないのは当然だが、野良猫や鳥どころか虫さえも生きている気配がない。しかも木々や雑草さえ見当たらなかった。

港の命が狩り尽くされている。

瘴気の威力を肌で感じるノエルはゾッとした。おまけにサイラスの風で飛ばされた瘴気がじわじわと近づいてくる。

ノエルは恐怖心を押し殺し、サイラスの手を借りて港に降り立った。するとガラスを爪で引っかくみたいな嫌な音を立てて、瘴気がじわじわと消えていくではないか。

「よし。――総員、城へ向かうぞ。聖女を守れ！」

御意、との野太い声が響く。

サイラスを先頭として、十二人の騎士たちがノエルを守るようにして領城へ急ぐ。すぐに大量の魔獣が唸り声を上げて近づいてきた。

サイラスが魔法で広範囲の魔獣の首を落とし、残った魔獣を騎士たちが斬り伏せる。魔獣の数は多いが、サイラスの範囲魔法のおかげで立ち止まることはなかった。

そのうえ瘴気は近づいてこない。騎士の怪我や疲労はノエルの魔法で癒すことができる。

港に着いてから一時間ほどで領主の城に到着した。

「ひどい……」

思わず呻いてしまうほど、城全体にものすごい瘴気が渦巻いている。だがノエルが近づけば、耳障りな音を響かせて消えていった。

正面扉をサイラスが爆破すると、ノエルは悲鳴を上げそうになってすんでのところで飲み込んだ。鼠や蜘蛛や害虫などが魔獣化したようで、城内は小型の魔獣がうじゃうじゃと這い回っているのだ。壁の色がわからないほど隙間なく蠢いている。

あまりの気色悪さに身震いしたとき、通路を埋め尽くす業火が放たれて近くにいる魔獣が焼き尽くされた。

サイラスもさすがに気持ち悪かったのか、顔をしかめて自身の腕をさすっている。

「あんな小さくて大量の魔獣が相手だと剣は不利だな。総員、魔道具の使用を許可する」

えっ、とノエルは驚いたが、騎士たちは平然と魔道具を取り出した。

ノエルはサイラスのマントを軽く引っ張る。

「あのっ、魔道具を持ち出す許可は？」

今朝、グランの状況が知らされて、日中は対策について話し合いが続けられていた。そしてノエルがグランへ行くことが決まり、サイラスの同行が却下されたのは夜。その後、ノエルを連れて城を抜け出す間に議会の承認が得られたなんて思えない。

案の定サイラスはとてもいい笑顔で、「あるわけないだろ」と言い切った。

「第一王子殿下と同じことしてるじゃないですか！」

「奴と同じにはなりたくなかったが、国を救うための非常事態だ。謹慎期間も短いだろう。

――来たぞ」

ガサガサと気持ち悪いざわめきが集まってくる。まるで黒い波のようだ。サイラスの魔法と魔道具で焼き払って階上へ急ぐ。

客室が並ぶ三階は特に瘴気が強かった。しかしノエルが先頭になって先へ進めば、瘴気は怯えたように後退してボロボロと消えていく。

サイラスは、ブレイス王国の使者たち一行が軟禁されていた部屋を知っている。そこへ迷うことなく向かうと、扉を開けた途端、瘴気が噴き出てきた。

慌ててノエルが叫ぶ。

「皆さん下がってください！　ここからは私が行きます！」

「危険だ！　私も――」

「サイラス様は入らないでください！」

騎士たちへ、「殿下を押さえていて！」と叫べば、部屋に入ろうとするサイラスを団員たちが羽交い締めにした。

「おまえらぁっ！　放せえぇぇっ！」

「いけません殿下！　瘴気が濃すぎます！」

この隙にノエルが扉を締めて鍵をかける。その途端、サイラスの怒号が響いた。

彼が騎士たちを振り切って部屋へ入る前に魔道具を止めなくては。

室内はドス黒い霧が充満しており、息ができないほど瘴気が濃い。しかし黒い霧はノエルの肌に触れる前に消えていく。しかも全体の濃度がゆっくりと低くなっている。

それでも瘴気の噴出が途切れることはなかった。常にあふれ出ている状況だ。

広い部屋の中を見回せば、ここは贅を尽くした最上級の客室だと気づく。ダリル侯爵は虜囚となったブレイス王国人に、きちんと敬意を払っていたようだ。

奥の部屋へ進むとひときわ濃い瘴気が満ちており、そこに数人の人間が……いや、人間らしき何かが倒れていた。豪奢な貴族服を着た、枯れ木のような人の形をした何かだ。鎧を着ているのは護衛騎士だろう。

——こんな遠くの国に来て、瘴気に呑まれて死んでしまうなんて……

胸が痛んだものの、今は感傷に浸っている場合ではない。

瘴気の流れをじっと観察すれば、ある人物の手の辺りに集中していると気づいた。その人の衣服を見れば、故国では宮廷魔術師と呼ばれるエリートだと思い出す。

右手には銀色の短杖（スタッフ）が握られていた。

「これだわ」

そっと取り上げて魔核を抜くと魔道具が沈黙する。瘴気も止まった。

——やった！

そう思った瞬間、隣の部屋からすさまじい爆音が轟（とどろ）いた。慌ててそちらへ行けば、分厚い頑丈な扉がこっぱみじんに破壊されて、扉の周囲の壁も崩れ落ちている。

鬼の形相を見せるサイラスの周りには、騎士たちが転がって呻いていた。

——ひぃぃっ、味方の騎士を倒しちゃってる……！

サイラスと目が合い、ノエルは恐怖から魔道具を取り落としそうになった。

「ノエル！　無事かっ!?」

「はっ、はいぃっ！　無事です！　魔道具も止めました！」

怒られるかと思ったが、サイラスが抱き締めてくれたので心の底からホッとした。

「……サイラス様、勝手をして申し訳ありません」

「本気で心臓が止まるかと思った。もう二度と私の前で危険なことはしないでくれ」

彼の声が震えているから、落ち着くまでずっと背中を撫で続けた。

……その後は残っている瘴気を消すために、ノエルは町中をくまなく歩き回ることになった。馬がいれば楽に回れたのだが、魔獣化して一頭も残っていなかったのだ。

しかしグランは国でもっとも大きい港町だけあって広い。街壁の端にたどりついた頃には、東の水平線から太陽が顔を覗かせていた。

「サイラス様、この辺り一帯から瘴気を感じなくなりました」

「そうか。これでグランは救われたな」

ノエルに付き従っているサイラスが安堵の息を吐く。ノエルも微笑み、彼が護衛の騎士たちに指示を出している背中を見ながら、街壁にもたれかかった。

朝日を浴びるグランの町はとても美しく、ここを守れてよかったと達成感を抱きつつ目

を閉じる。

——さすがに疲れた、かな……

そう思った途端、意識が急速に闇に呑まれた。脚から力が抜けて立っていられない。膝から石畳に崩れ落ちて全身が痛い……

「ノエル！　どうしたっ、しっかりしろ！」

サイラスの猛烈に焦る声が遠くなる。彼を慰めたくて腕を伸ばそうとしたのに、力が入らなくて意識がぷつっと途切れた。

気がついたときは見知らぬ部屋のベッドの上で、そばには誰もいない。おかげで今までのことは夢だったのかと本気で混乱した。

のっそりと起き上がったとき、サイドチェストに置かれたベルに気づいた。鳴らしてみると、驚いたことに王城にいるはずの聖女の侍女たちが現れる。

「聖女様！　お目覚めになられたのですね！」

彼女たちはサイラスの要請で、鉄道を使ってグランの町にやって来たという。

侍女たちから現在の状況を聞くと、ノエルはなんと丸一日以上、眠っていたそうだ。今日は朝に町を歩き回った日の翌日で、すでに昼を過ぎていた。

「えっと、グランは今どうなっているの？」

「瘴気が消えて魔獣も駆逐されたため、避難していた住人が少しずつ戻ってきております」

「よかったわ……」

ただ、ブレイス王国人の部屋の近くで働いていた使用人が、何名か犠牲になったという。

残りの使用人はダリル侯爵が避難させて無事だが、やはり逃げ遅れた者がそこそこの数になるそうだ。

人手不足なので、王城から聖女の侍女たちが呼ばれた次第だった。

そのとき激しく扉がノックされて、入室の許可を出す前にサイラスが飛び込んでくる。

「ノエル！　気がついたのか、よかった……っ」

安堵の表情を見せるサイラスが、ノエルの上半身を抱き締めて額に口づけた。静かに侍女たちが退室する。

「ずっと目が覚めないから生きた心地がしなかった」

「体力が切れたのだと思います。ごめんなさい、心配かけて」

「まったくだ。このまま目を覚まさなかったら、後を追うところだったぞ」

ものすごく物騒な言葉が出てノエルは息を呑む。

「……ご冗談を」

「冗談なものか。私は以前言っただろう、あなたが手に入るなら他には何もいらないと」

「あなたがそばにいるなら、私は本当に王位も何もかも必要ないんだ。言い返せばあなたを喪うことはすべてを失うのと同じだ。この世に生きている意味はない」

サイラスは恐ろしい言葉を告げながらも、いつもと同じ人懐っこい笑みを見せてくる。

その矛盾に、彼の中で『当然のこと』と揺るぎなく定着しているのを感じ取った。

……今ほんの少し、彼が自分と出会う前の孤独に触れた気がする。

彼の人生は『何もいらない』と言い切れるほど、執着を持つことができない生き方だったのではないか。

一国の王子でありながら、そう思わざるを得ない不遇の日々を過ごしていた……

ノエルは胸に痛みを覚えて、涙が零れ落ちるのを止められなかった。

「ノエル！　どうしたっ⁉」

「……いえ。長生きしたいと思ったのです」

「ん？　長生き？」

「はい。あなたと少しでも長くいたいから……」

私のせいで王を失わないために。

サイラスは首をひねっていたが、それでも涙が止まるまで慰めてくれた。

「覚えていますが……」

ブレイス王国の艦隊へノエルが向かったとき、乗組員は全員壊血病に冒されており、動ける者は一人も残っていなかった。すでに亡くなった人も多く、騎士たちがまだ生きている者を甲板に集め、ノエルが次々と運ばれる病人を休むことなく治癒した。

その間、船内の調査も進められており、武器として持ち込んだ魔道具をすべて没収した。

サイラスが航海日誌を調べたところ、ブレイス王国艦隊は魔の海域を抜けた辺りから、原因不明の病が広がったと記されていた。治癒魔法をかけても再発し続け、そのうち魔法が効かなくなっていく恐怖もつづられている。

ライズヘルド王国との交渉を担う使者は、病の恐怖に錯乱して、死なば諸共だと瘴気を集める魔道具を持ち出したらしい。

そして健康体になったブレイス王国人は、仲間の大半を喪ったことと、旗艦以外の艦船がすべて拿捕されたことを知り、戦意喪失した。

生き残った乗組員は、ライズヘルド王国が渡した肉類やパンなどの食料を受け取り、帰国の途に就いた。

ノエルの仕事はここまでで、残務処理をするサイラスと別れて、侍女と護衛と共に鉄道で王都へ戻ることになる。

驚いたことに、帰城するとアシュリーから謝られた。

「……申し訳なかったわ。サイラスは大人しく城に留まるような人間ではないから、同行を許していれば夜逃げみたいにグランへ行かせることはなかったのに……」

それを理解していながらサイラスを止めたかったアシュリーの気持ちもわかるため、ノエルは笑って謝罪を受け入れた。

ちなみにノエルの帰城と共に、瘴気を集めるという魔道具も城へ送られている。宝物庫に保管するか破壊するかの話し合いが続いているものの、破壊になるのではとアシュリーは予想しているそうだ。

何しろ魔道具は勝手に使ってはいけない物なのに、王族が率先して規則を破っている状況だ。国が滅ぶ可能性のある魔道具は、残しておいたら再び無断で使われるのではと危惧されていた。

サイラスが宝物庫から魔道具を持ち出したことは、もちろん問題になっている。けれど使用目的が、瘴気に呑まれたグランの町を救うためなので弾劾はしにくい。しかも今はサイラスを謹慎にするほど状況に余裕はないのだ。ブレイス王国の件でとにかく忙しくて。

そこでアシュリーは、『罰というなら聖女様との接触を禁止しましょう。彼には一番効くおしおきになるわ』と笑顔で提案したという。

そのため一ヶ月間、二人はすれ違うことも声を交わすことも禁じられた。……これはノエルも悲しかったので、彼に手紙を書いて気をまぎらわせていた。

しかしサイラスの方は、ノエルの香りがする手紙を受け取るたびに彼女を恋しく思い、母親へ、『もう二度と魔道具を無断使用しません。なるべく命令には従います』との誓約書を提出して謝ったという。

しかしアシュリーはノエルとのお茶会で、「な、な、なるべくってところが油断ならないのよね。反省してないじゃない」と愚痴っていた。


その接触禁止期間が明ける当日、ノエルはお茶の時間か、遅くても晩餐にはサイラスに会えると朝からドキドキしていた。しかし予定外の執務が入ったらしく、この日はすれ違うことさえできなかった。

まあ、王太子なのだから仕方がない。しかも最近は国王が政務を放棄しているため、そのしわ寄せがサイラスに来ているという。

寂しいけれどわがままを言うわけにはいかない。と自分を慰めるノエルのもとに、晩餐後、王太子の側近の一人が面会を求めてきた。

「聖女様。たいへん申し訳ありませんが、王太子殿下の執務室へ夜食を届けてくださいませんか……」

げっそりとやつれた、まだ若い上級官吏の様子に驚く。ノエルは慌てて彼に癒しの魔力を注いでおいた。

「サイラス殿下はお食事をとってないのですか?」

「いえ、夜遅くまで仕事をされているのです。ただ、聖女様に会えなくて不機嫌で……」

サイラスはイライラすると、魔力を抑制するピアスが不快に感じるらしい。それでピアスを外しているのだが、本人の機嫌の悪さによって魔力が威圧となって漏れ出し、側近たちが精神的につらいのだという。

「魔力持ちでなければ魔力を感じないと思いますが」

「殿下の部下は偶然にも魔力持ちが集まっているのです。殿下と比べたら、ほんのわずかしかありませんが……」

首を絞められるような息苦しさが消えないそうだ。サイラスの強すぎる魔力に震え上がっている。

「聖女様のお顔を見れば殿下も落ち着くと思われるので……」

そう言われると、訪問するにはマナー違反な時刻でも顔を見たくなってくる。ノエルだって一ヶ月も会っていないのだから。

食べやすい夜食を用意してもらい、護衛と侍女に守られて王太子府へ向かう。

晩餐が終わったこの時刻は、執務棟に人の気配はほとんどない。だが護衛の騎士いわく、ブレイス王国の艦隊が来た頃は、休みなく稼働して仮眠室の空きがなくなっていたという。

今は官吏たちも家に帰れるそうだが、それでも仕事は山積みらしい。

王太子の執務室に着くと、護衛と侍女は控えの間に待機して、ノエル一人で入室することにした。ノックをすれば、やや疲れたサイラスの声で「入れ」との声が聞こえる。

そっと扉を開けた途端、よどんだ魔力が漏れ出てきた。

——うわぁ、これはすさまじくお疲れだわ。

サイラスは一番奥にある大きなデスクで、ペンを動かしつつ手元を睨んでいる。入室を許しても顔を上げないため、ノエルに気づいていない。

部屋を見回せば、デスクから離れた位置に大きな長椅子(ソファ)とローテーブルがある。

ノエルはそちらにバスケットを置き、夜食を並べてお茶を淹れることにした。茶器はあらかじめどこにあるか側近に聞いている。

用意し終わってからデスクに近づいた。

「サイラス様、休憩しませんか？」

「ん……、んんっ？」

数拍の間を空けて勢いよくサイラスが顔を上げる。よほど集中していたのか、サイラスは何度も瞬きしてから慌てたように立ち上がった。デスクを回ってノエルを抱き締める。

「幻かと思った！　本物だ！」

「ふふっ、謹慎も終わったので会いに来ちゃいました」

彼の大きな背中を抱き締めながら、ちょっと強めに治癒魔法をかける。

「ありがとう。疲れが吹っ飛んだ」

「でも魔法による疲労回復はあまりお勧めしません。肉体の疲れは癒せますが、精神的な部分は休まらないので」

「ノエルがいるなら精神も休まるさ」

目を細めて笑うサイラスが、端整な顔を近づけてくる。ノエルは素直に瞼を閉じて彼の唇を受け入れた。

——キスするの、すごく久しぶり。

ここが執務室だと忘れてはいないけれど、積極的に舌を絡めてしまう。どうせこんな時間に誰も来ないのだから、互いに卑猥な水音を立てつつ貪り合う。かなり長い間、それこそ舌と唇が痺れるまで濃厚な口づけを続けた。

やがて息苦しくなり、サイラスに縋りつく。

「……ああ、夜食を持ってきてくれたのか」

やっとテーブルの上のものに気づいたらしい。サイラスがノエルを縦抱きにしてソファへ向かう。

「サイラス様、食べにくいでしょうから、私を膝に乗せちゃ駄目ですよ」

「じゃあ食べた後ならいいよな」

サイラスはサンドイッチをあっという間に平らげてお茶を飲み干し、愛しい恋人を膝の上に乗せてしまう。ノエルはクスクスと笑い出した。

「もう、ゆっくり召し上がればいいのに」

「食べるよりノエルに触れていたい」

ちゅっと音を立てて頬に口づけてくる。サイラスの愛情が胸に心地よく、心臓の鼓動がどんどん速くなっていくのを感じた。

「……触れるだけですか？」

「ん？」

「その、私を、食べてはくれないんですか……？」

さすがに恥ずかしくて、そっとあらぬ方角へ視線を向ける。それでも視界の端で、サイラスが目を見開いているのはわかった。居たたまれなくて彼の首筋に顔を埋めて囁く。

「私、謹慎期間中に、サイラス様が離宮へ忍んでくるかなって、思っていたんです……」

「あ、いや、私も行こうかと思ったけど……、行けば間違いなく押し倒すから、すぐにバレて謹慎が延びるだろ」

ベッドシーツが汗や体液でぐちゃぐちゃになるから、密会なんて隠すことができない。それなら会って話すだけにしておけばいいのに、抱き合って口づけしていれば、それだけでは済まなくなる。

今だってノエルの体温はだんだん上昇している。顔が熱いと感じるから、こちらの発情をサイラスも首筋で感じ取っているだろう。

ノエルは目の前にある肌に吸いつき、ペロッと舐めておく。恥ずかしがり屋のノエルから誘うなど初めてのことで、サイラスの喉仏がゴクリと上下した。

「珍しく、積極的だな……」

彼の声が上ずっている。いつもノエルを翻弄する彼が、ノエルに感情を乱されているようだった。それが嬉しくて彼の耳に顔を寄せて囁く。

「……グランの町で、私、長生きしたいって言ったじゃないですか」

「うん……」

「あのとき、サイラス様を幸せにすると決めたんです」

孤独であった過去など忘れるぐらい、私といて幸せだと思ってほしい。

「あなたが、私を……」

ノエルの言葉に感動したのか、大きな手のひらがスカートの裾から忍び込む。脚の間で不埒な動きを見せつつ、弾力を堪能している。

しばらくぶりの甘い感触に、ノエルは期待感で胸が高鳴ってきた。素肌を撫でられるだけでも気持ちよくて息が上がってくる。

「はぁ、ん……あぁ……」

「ノエル……声だけで勃ちそう」

ふくらはぎをまさぐっていた手が這い上がり、ショーツの股座(またぐら)を優しくこすってくる。

「ん……あぅ……」

優しい刺激は幸福感を呼び寄せるものの、若干のもの足りなさを感じさせる。愛し合う方法さえも知らなかった頃より貪欲になった体は、もっと直接的な刺激が欲しいと腰をもじつかせた。

おあずけが長すぎたから、もっとしっかり触ってくれないと泣いてしまいそう。

しかも彼を求める気持ちが高まり、じゅわっと愛液があふれてショーツが湿ってきた。

「サイラス様……」

彼の耳朶を甘噛みしながら甘えた声で名前を呼ぶ。それだけで、ちゃんと私を可愛がってとの願いは通じたらしく、彼の長い指がショーツの紐を解いた。淫らな体液を吸って重くなった布地が床に落ちる。

すでに濡れている肉びらを指でまさぐり、蜜芯にこすり合わせてくる。

「あっ、あっ、ん……きもち、ぃ……」

秘所から鋭敏な快感が放たれて脳髄まで伝わり、視界に星が明滅する。ノエルの声が甲高くなって甘さも混じる。

「ノエル……可愛い……」

興奮を隠しきれない男の声に、ノエルはドキドキしてお腹の奥が疼いてくる。彼が昂ってくれるのが嬉しくて。

さらに脚の付け根が濡れてくる。

それにサイラスも気づいたのか、蜜を指に絡めて沈めてきた。膣路をかき回して丹念に刺激を植えつけてくる。

「んぁ……っ」

ノエルの感じやすいところを本人よりも知っているから、すごく気持ちよくて背筋がゾクゾクと震える。粘ついた恥ずかしい水音が途切れないでいる。

彼の耳元で喘ぎながら視線を落とせば、彼の手はドレスのスカートに隠されてノエルから見えない。見えないからこそ、いやらしい想像をかき立てて興奮する。予想できない快感を刻まれるたびに、自然と腰が揺れて喘ぎ声が止まらない。

「あっ、あん……サイラス、さま……」

「ハッ、ノエル、もう我慢できない」

少し苦しそうな彼の声に顔を上げると、目元を赤く染めたサイラスが完全に欲情した目で見つめてくる。そんな彼があまりにも色っぽくて素敵で、見ているだけでお腹がウズウズしてたまらない。

彼の局部を見れば、すでに膨らんだ肉塊がスラックスを押し上げている。とても窮屈そうだから解放してあげたい。ベルトを抜いてファスナーを下げると、はちきれんばかりに膨らんだ肉茎が飛び出てくる。

「頼む、私に跨がってくれ」

切羽詰まった声で哀願されると、胸がきゅんとして命まで差し出しそうになる。それぐらい好き……

ノエルは小さく頷いて膝立ちになり、彼の腰を跨いだ。スカートが広がってそそり勃つ剛直が隠される。

「どうすればいいの……？」

彼を見下ろす姿勢で、彼の頬を撫でつつ甘えた声を漏らす。閨の知識などないから、私を導いてほしいとねだる誘惑の声で。

うぐっ、とサイラスが歯を食いしばって呻いた。

「そのまま、腰を下ろしてくれ……」

「ん……」

言われた通りにすれば、濡れそぼつ蜜口と亀頭がキスをする。このとき、自分から挿れたことはないノエルはほんのちょっとだけ恐れを抱いた。でもここで止めるなんてありえない。

勇気を出してグッと腰を沈めてみる。亀頭の大きさまで秘唇が大口を開けて、蜜という涎を垂らしながら飲み込もうとする。

徐々に、極太の陽根が自分の中にめり込んでいくのを感じ取った。彼に貫かれるのとは違う圧迫感で首が仰け反る。

時間をかけて硬い肉塊を根元まで咥え込んだ。媚肉を内側から拡げられる感触は久しぶりだから、挿れただけで軽い絶頂感に襲われる。

「はぁっ、あぁぅ……っ」

「ん、熱くて気持ちいい」

「……私も、気持ちぃ……」

ようやく満たされたと思った。ずっと心にこびりついていた飢餓感が薄まっていく。

「サイラス様、ここから、どうすればいいの……？」

「腰を持ち上げてくれ。ゆっくりでいいから」

サイラスの両手がノエルのお尻をつかんで持ち上げる。ずずっと肉棒が抜け出て、まんべんなく媚肉がこすられた。

「あぁ……」

蜜路が男を逃がさないよう、引き止めるかのように締まって留めようとする。密着度が上がってさらに気持ちいい。

「……今度は、腰を落としてくれ」

お尻をつかむ彼の手から力が抜け、再び屹立をすべて咥え込む。自重でいつもより深く埋まっているのか、子宮口の突き上げが強い。

でもそれが気持ちいい。彼とつながっていると実感できて胸がいっぱいになる。

頑張って腰を上下させると、いつしかサイラスが歯を食いしばって、ふー、ふー、と飢えた獣のような息遣いで劣情に耐えている。

自分に夢中になってくれる彼が愛しい。もっとたくさん悦ばせてあげたい。

ノエルはサイラスの肩をつかみリズミカルに腰を動かす。たまに雁首が好い処を抉るから、嬌声を上げげて肉茎をきゅうきゅうと締めつけた。

「うあっ、ノエル……ッ」

サイラスも座ったまま腰を突き上げてくる。ちょうどノエルが腰を下ろしたときに下から打ちつけられると、奥の奥まで刺激されて苦しいぐらい気持ちいい。彼もまた感じているのか、汗を垂らしながら幾度も腰を突き上げている。

好きな人に悦んでもらえたら嬉しい。自分も気持ちよくなって幸せだ。

だんだんと腰の動きが速くなって、ノエルは感じやすい箇所に肉槍をこすりつける。はしたないけれど気持ちよくてやめられない。

このときサイラスがノエルを強く抱き締め、結合したまま性急に肢体をソファに押し倒した。すぐさま猛烈な抽挿を叩きこんでくる。

「あっ！　まっ、はげしぃ……んんぅっ、んあ、あぁ……っ！」

快感が四肢へと拡散していつまでも途切れない。あまりにもよすぎて頭がおかしくなってくる。

ノエルが法悦を極めるのはあっという間だった。全身を震わせながら咥え込んだ男根をぎゅぎゅっと締めつけ、精を搾り取ろうと媚肉が蠢いた。

「グ……ォ……ッ」

眉間に皺を寄せたサイラスがノエルをきつく抱き締め、最奥で熱い射液を噴き上げる。ノエルは子宮を焼くかのような熱に意識まで煮えそうになった。脳髄が蕩けたのか頭がふわふわして何も考えられない。

「あ、ん……」

それでも彼の額に浮かぶ汗を見て、ぼんやりと手を伸ばす。湿った黒い前髪を横にかき分けると、サイラスがその手を取って指先に口づけた。

「早く結婚したい。せめてノエルと一緒の離宮で暮らしたい」

肌に吸いつく彼の唇が、指先から手の甲、手首、腕へと上がっていく。くすぐったさに彼の執着を感じられて心が躍るようだった。

「そうですね。それなら忙しくても朝や夜は会えますし」

「夫婦になっても遠く離れた離宮で暮らすなんて……よし、法律を変えよう！」

「えっ」

——法律を変えるって、そんな簡単にできるものなの？　嬉しいけど私的すぎて権力の

乱用では……？

戸惑うノエルをよそに、サイラスは「王族だって一つ屋根の下で暮らすべきだ」と主張している。

素早く身づくろいをすると、デスクにある書類をローテーブルに運んできた。

「なぜここで……」

「ノエルがいるとはかどるんだよ。早く終わらせて法律改正の原案を作る」

サイラスはものすごい勢いで書類をチェックして、サインを入れていく。

彼の意気込みをぽかんと見つめていたノエルだが、そうまでして自分と一緒に暮らしたいのだと、その意欲に微笑んだ。

「……サイラス様」

「んー？」

「長生きして、一緒に幸せになりましょうね」

顔を上げたサイラスがノエルを見て破顔する。

「もちろんだ」

ノエルは嬉しそうに告げる彼へ寄り添い、そっと目を閉じて唇を合わせた。

あとがき

初めまして、佐木ささめと申します。自分は普段、ティアラ文庫様の姉妹レーベルであるオパール文庫様で書いているため、拙作を初めて読む方も多いのではないでしょうか。数ある作品の中から、『美しき騎士団長はワケあり召喚聖女をとことん淫らに愛したい』をお手に取っていただき、誠にありがとうございます！

ティアラ文庫様はティーンズラブレーベルの中でも老舗で、自分の中では憧れのレーベル様になります。いつもは現代恋愛を書いている自分ですが、ヒストリカルを書き始めた頃、いつかティアラ文庫様で上梓できたらいいな～と密かに考えていたものでした。

その夢が叶って今年はいい年になりそうです（笑）

今作についてですが、この物語はもともとｗｅｂで発表していた作品になります。書籍化にあたり第四話を書き下ろして付け加えました。

ｗｅｂ小説を既読の方も未読の方も、少しでも楽しんでいただけたら嬉しいです。

最後になりますが、拙作を読んでくださった読者様へ最大級の感謝を。本当にありがとうございました！

佐木ささめ

ティアラ文庫をお買いあげいただき、ありがとうございます。
この作品を読んでのご意見・ご感想をお待ちしております。

✦ファンレターの宛先✦

〒102-0072　東京都千代田区飯田橋3-3-1
プランタン出版　ティアラ文庫編集部気付
佐木ささめ先生係／倖月さちの先生係

ティアラ文庫Webサイト
https://tiara.l-ecrin.jp/

美しき騎士団長はワケあり召喚聖女をとことん淫らに愛したい

著　者――佐木ささめ（さき ささめ）
挿　絵――倖月さちの（こうづき さちの）
発　行――プランタン出版
発　売――フランス書院
〒102-0072　東京都千代田区飯田橋3-3-1
電話（営業）03-5226-5744
（編集）03-5226-5742
印　刷――誠宏印刷
製　本――若林製本工場

ISBN978-4-8296-6017-1 C0193

ティアラ文庫

Tia6817

♥ 好評発売中! ♥